海鷗

馬森文集

Sen Ma 創作卷11

人類的心靈是一隻光潔的海鷗
在清風麗日的汪洋中向著永不會到達的海岸
自由而勇敢地飛翔

寫給伊莎、伊夫和他們那一代

For Isabelle, Yves and their generation

秀威版總序

我的已經出版的作品，本來分散在多家出版公司，如今收在一起以文集的名義由秀威資訊科技有限公司出版，對我來說也算是一件有意義的大事，不但書型、開本不一的版本可以因此而統一，今後有些新作也可交給同一家出版公司處理。

稱文集而非全集，因為我仍在人間，還有繼續寫作與出版的可能，全集應該是蓋棺以後的事，就不是需要我自己來操心的了。

從十幾歲開始寫作，十八、七歲開始在報章發表作品，二十多歲出版作品，到今天成書的也有四、五十本之多。其中有創作，有學術著作，還有編輯和翻譯的作品，可能會發生分類的麻煩，但若大致劃分成創作、學術與編譯三類也足以概

括了。創作類中有小說（長篇與短篇）、劇作（獨幕劇與多幕劇）和散文、隨筆的不同；學術中又可分為學院論文、文學史、戲劇史、與一般評論（文化、社會、文學、戲劇和電影評論）。編譯中有少量的翻譯作品，也有少量的編著作品，在版權沒有問題的情形下也可考慮收入。

有些作品曾經多家出版社出版過，例如《巴黎的故事》就有香港大學出版社、四季出版社、爾雅出版社、文化生活新知出版社、印刻出版社等不同版本，《孤絕》有聯經出版社（兩種版本）、北京人民文學出版社、麥田出版社等版本，《夜遊》則有爾雅出版社、文化生活新知出版社、九歌出版社（兩種版本）等不同版本，其他作品多數如此，其中可能有所差異，藉此機會可以出版一個較完整的版本，而且又可重新校訂，使錯誤減到最少。

創作，我總以為是自由心靈的呈現，代表了作者情感、思維與人生經驗的總和，既不應依附於任何宗教、政治理念，也不必企圖教訓或牽引讀者的路向。至於作品的高下，則端賴作者的藝術修養與造詣。作者所呈現的藝術與思維，讀者可以自由涉獵、欣賞，或拒絕涉獵、欣賞，就如人間的友情，全看兩造是否有緣。作者與讀者的關係就是一種交誼的關係，雙方的觀點是否相同並不重要，重要的是一方對另一方的書寫能否產生同情與好感。所以寫與讀，完全是一種自由的結合，代表了人間行為最自由自主的一面。

學術著作方面，多半是學院內的工作。我一生從做學生到做老師，從未離開過學院，因此不能不盡心於研究工作。其實學術著作也需要靈感與突破，才會產生有價值的創見。在我的論著中有幾項可能是屬於創見的：一是我拈出「老人文化」做為探討中國文化深層結構的基本原型。二是我提出的中國文學及戲劇的「兩度西潮論」，在海峽兩岸都引起不少迴響。三是對五四以來國人所醉心與推崇的寫實主義，在實際的創作中卻常因對為實主義的理論與方法認識不足，或由於受了主觀的因素，諸如傳統「文以載道」的遺存、濟世救國的熱衷、個人的政治參與等等的干擾，以致寫出遠離真實生活的作品，我稱其謂「擬寫實主義」，且認為是研究五四以後海峽兩岸新小說與現代戲劇的不容忽視的現象。此一觀點也為海峽兩岸的學者所呼應。四是舉出釐析中西戲劇區別的三項重要的標誌：演員劇場與作家劇場，劇詩與詩劇以及道德人與情緒人的分別。五是我提出的「腳色式的人物」，主導了我自己的戲劇創作。

與純創作相異的是，學術論著總企圖對後來的學者有所啟發與導引，也就是在學術的領域內盡量貢獻出一磚一瓦，做為後來者繼續累積的基礎。這是與創作大不相同之處。這個文集既然包括二者在內，所以我不得不加以釐清。

其實文集的每本書中，都已有各自的序言，有時還不止一篇，對各該作品的內容及背景已有所闡釋，此處我勿庸詞費，僅簡略序之如上。

馬森序於維城，二〇一〇年七月二十三日

海鷗的遐想

（代序）

我坐在海灘上，面對着千頃碧波，在五月末明麗的嬌陽下，看海鷗翩飛，此起彼落。

據說海鷗有一種本能，不管在多麼遼闊的海洋中，在多麼惡劣的氣候下，都不會失去方向，最後都會本能地飛達岸邊。可是我們人類呢？我們有沒有這樣的本能？即使有，我們的岸又在哪兒？人類的前途似乎只是一片無邊無際的汪洋，我們心目中所認爲的海岸，常常只是一種假象，就在我們努力朝前駛近時，海岸已隨了我們的前進而遠揚。我們仍在茫茫的大海之中，我們是一羣永遠達不到岸邊的海鷗！

我們不可能有一定的方向，因爲沒有一個

固定的海岸在等候着我們，因此我們就有絕對飛翔的自由。同時我們又不免心懷恐懼，不知何去何從。這種先天的處境形成了我們人類兩大根性：自由與恐懼。二者皆因前途之無限而生。我們的問題就是如何解脫根植在我們內心中的這種原始恐懼，只有解脫了恐懼的心靈，才能靈明地運用自由翺翔的本能！雖然我們面前永遠沒有眞正的海岸，但我們的海岸就是不斷地在無限中發現新的方向，然後勇敢地向前飛行。至高的歡樂在恐懼之解除，最後的眞理乃是向無限中前進的自由；而頂大的勇氣也就是對自已所抉擇的命運負責了。

我面對着海洋、面對着海鷗，我的思想似乎離開了我自已的體壳，而附托於鷗鳥之上。一隻鷗，在一擧翮之間就變換了方位。牠在陸上、在水中、在天空。更奇特的是我無法分辨出牠們的年紀。牠們似乎一式的年輕與驕捷，竟像牠們超脫了時間的範繫。牠們總在不停地飛翔。牠在那裏，又不在那裏；在時間之中，又在時間之外。

這是誰的構想？誰的巧手塑成了如此光潔、嫵媚、精巧、靈秀、神奇、敏捷、和諧而自由的一種形象？是神？是道？抑或是天地自然運行之理？

我們可以稱之謂「神」，也可以稱之謂「道」，但我更願意稱其為「自然」！

自然在洪溟中孕育出一種構想，此構想之生也，以條理秩序為血脈，以堅質為骨骼，以光影為肌理，以張力為精神，於是以此安排了宇宙的場景、星宿的運行，育生了萬姿千態的生命。這種巨大的偉構，在渺小的人類腦力所及的範圍內，只有詠歎驚服，而毫無批判其得失成敗的能力。我們唯一可以假設的前提是：「這就是至眞、至善、至美，無可超越的最後的至理！」

人類在此至眞至善至美的自然的胸懷中孕育成形，從自然裏獲得了一切。基本的衣食而外，自然又給予了我們賞心悅目的旭日、夕陽、山色湖光，娛耳動聽的松濤、海韻、鳥語獸鳴，馨饗口鼻的酸、甜、苦、辣、異卉奇花，又以母親的撫抱、愛侶的狎昵啓開了我們情愛之心。如此這般，本該可以優游終日無所用心，樂樂陶陶以盡天年。這該是何等的樂事！然而人類並不以此為足。有一位叫作納爾塞色斯的先祖，臨流一照，發現了世間一個最眞最善最美的形象：那就是他自己。從此人類便注定了自賞的命運，情願從自然的樂園裏自我放逐，企圖在自然的樂園之外來建立一個人間的天國，義無反顧地背叛了自然的恩賜。

如果這種納爾塞色斯的心理與行徑本也在自然的企劃之內，那麼這種對自然的背叛便也不會超出了自然的原始意圖。

自然把人類的命運交在人類自己的手中。自然對人類的無限寬容與放縱，正是人類小小的腦筋所可以想像與理解得到的超人間的至愛！如果人類不領此至愛之情，不在自然的寬容下任性放縱自我，也許反倒辜負了自然之至心，更無從彰顯自然之至德。如今，正由於人類的背叛與嬌縱，才益發顯示了自然的無限寬容與愛心。如果人類因此而自毀，便也在自然的愛的包容之中。所以說至愛無愛！然而人類是如何地背叛了自然呢？

人類的另一個先祖燧人氏和他的兄弟普羅米修斯從自然那裏竊來了火。因爲有了火，人類才具有了反抗自然的力量。如果說自然是人類的母親，人類竟企圖舉起從母親手中奪來的火，燒盡了母親的毛髮。自然的母親仍然沉默地寬容着人類的這種逆行。這種逆行應該也在自然的原始企劃之中，因爲如沒有愛的叛徒，又何以知愛之爲愛？所以說叛愛也是愛！

人類的另兩個先祖有巢氏和倉頡，一個模仿自然之隱蔽構造了居室，另一個模仿自然之鳥獸足迹創製了文字，以「人爲之假」來對抗「自然之眞」。這種模擬造作，也並不出乎自然的原始企劃之外，因爲如沒有此人爲之假，便難彰自然之眞，所以本眞有假。

人類又有兩個祖先堯與舜，企圖樹立人間之德。從自然的眼光來看，這種在有限的肉身與狹隘的心靈中所建立的德行，只不過是一種僞德。僞德卽惡。不過這種惡德既爲人類所好，也正在自然的企劃之中。沒有僞德之惡，便也沒有純德之善，所以說至善容惡。

人類還有一個祖先西施，以捧心蹙眉創立了人間之美。這種人間之美大異於自然之美，因此走獸見之而卻走，飛鳥遇之而高飛。捧心蹙眉的怪態，從自然的觀點來看便不是美，而是醜。無奈這種醜卻是人類醉心追求之美。人既以此爲美，亦非出偶然，也該包容在自然的原始企劃之中，所以說原美兼醜。

人類對自然背叛的證據，可說是數不勝數。總而言之，人類的文化正是人類背叛了自然之後所建立的一種自然的對立體，雖仍在自然的企劃之中，卻已在自然的原始樂園之外。如果說未經人爲的自然本體代表了至眞、至善、至美，那麼與自然對立的人爲文化便代表了至假、至惡、至醜。然而眞與假、善與惡、美與醜，仍不過出於人爲觀念的劃分，在自然的渾沌中本是無眞、無假、無善、無惡、無美、無醜的。就是狹隘局限如人之腦者，也可以理解到至愛中本無愛，本眞中原有假，大善中並容惡，原美中兼有醜的道理。

如果人未具有納爾塞色斯的天性，也許不會如此的自愛，不會欣賞自爲的一切，而像地球上其他的動物一般安心居留在自然的樂園裏，遵循着自然的法則，樂樂陶陶以盡天年。何以自然賦予了人類如此「自賞」的秉賦？宗教家告訴我們這是上帝的美意，達爾文告訴我們這是「進化」的結果。何以上帝如此不公，獨獨鍾情於猴子似的人類？這是個亘古難解的謎！唯一可以理解的是，自然本賦予萬物一樣的絕對「自由」，而人是萬物中最任性放肆地利用了這種「自由」的生物。

對這種任性放肆的行徑，人類並非毫無自覺。因此一旦背叛了自然，從自然的樂園裏自我放逐出來以後，人類便產生了一種自疚的心理，對自然所賦予的這種絕對的自由便懷起深沉的恐懼之心：一面不能自已地企圖利用這種自由做無限的探險，一面又害怕違逆了自然的企劃而步上自毀之途。這種本根上的矛盾，顯示在所有的人類文化之中。因爲人一旦脫離了自然的樂園，便眞如與自然隔絕了任何直接的溝通，所餘的只有猜測與假想：自然有愛於我（天地原生以德）？自然無愛於我（天地不仁以萬物爲芻狗）？自然所給予我們的自由是絕對的？還是有限的？我們是否有權對這種自由盡力使爲？我們的想像力、創造力都是自然所賦予的，我們是否可以任其自由地發展下去而不加以限制？這許多許多的問題，數千年來盤亘在人類的腦中，苦惱着人類。累世的宗教家與道德家屢屢地發出嚴正的警告，企圖範圍人類的想像與創造，企圖限制人類的舉止與行爲，然而竟不能爲功！人類就像一羣頑劣的兒童，置所有貌似善美的告誡於不顧，仍然一味地驅向絕對自由的發展境地。因爲向無限中探險的誘惑實在太大了，因爲自然的至愛實在太可以信託了，好像無論多麼的放縱與自肆都不可能激怒自然而受到嚴酷的懲罰。人類並非不怕懲罰，但權衡得失，以絕對的自由來換取可能的懲罰，也並非是不值得一爲的一件事。這正是由自然秉賦而來的人類的勇氣，自然又有何言？然而根本的邏輯乃在：人類如不用此絕對之自由，便無此自由！無此自由，便無此人類！無此人類，便無此自然！

人類只有在肯定此自由時，才可以肯定自我；只有在肯定了自我時，才可以肯定自然。只有在肯定了這一連串的關係時，才可以建立起一條與自然溝通的橋樑，才可以彰顯人生的價值！

人，在失去了自然的樂園的今日，唯一可以經營的便是人間的樂園。雖然這一個樂園取着與自然對立的姿態，但卻也是在自然的默許允諾之下發展起來的。在這樣的一個基礎上，才顯現了人爲的意義，才可以來談論人間相對的眞善美，才可以談論藝術與文學。

但是面對着自然，面對着翩飛的海鷗，我便不能不感到心縮而氣餒。我似乎感悟到我日以繼夜嘔心瀝血的經營，有多麼的渺小與微不足道！莫說我，就是李、杜、雪萊、里爾克的詩篇，莎士比亞、莫里哀、契訶夫、白凱特的戲劇，曹雪芹、福樓拜、左拉、屠格涅夫、卡夫卡、普魯斯特、喬埃斯、卡謬的小說，甚至於全部人類腦力的結晶，如何比得上一隻正在翺翔的海鷗！但是在低頭自視時，在我把自然的鷗鳥化作心中的鷗鳥時，我才體味到人間的價值、自身的價值，以及我之所作所爲的價值！

在懷着恐懼與自疚之心的人類的藝術與文學，無不起於對自然之模擬。但基於天賦自由之運用和納爾塞色斯的自賞的天性之發揮，人類則不甘願止步於對自然之模擬，人類企圖有所獨創，也勢必有所獨創。這獨創之眞與自然對比，可能是假，但就其本體而論卻是眞；這獨創的善與自然對比時，可能是惡，但就其本體而論卻是善；這獨創的美與自然對比時，可能是醜，但就其本體而論卻是美。因此眞善美的標準不在自然，而在人心。

我們也可以想像到人在對自然樂園的懷念和向無限探險的誘引之間所存在的永恆的猶豫與矛盾，所以在人類進化的過程中時時有回歸自然的呼聲，也時時有自由馳騁的壓力。這種感受特別鮮亮地呈現在藝術家與文學家的心田中。然而時至今日，沒有一個藝術家或文學家眞正響應了回歸自然的呼聲。如果眞正響應了，便不會再有任何藝術與文學創作的衝動。一想到任何嘔心瀝血的作品，竟比不上自然魔指下的一草、一木、一蟲、一鳥，形態比不上，結構肌理比不上，神韻生機更加比不上，如此一比還有什麼創作的慾望與創作的目的？倒不若乾脆去修道參禪！所以眞正響應了回歸自然的呼聲的，是那些修道者與參禪者，而不是藝術與文學的創造者。後者是受不住向無限探索的誘引而放縱了可資利用之自由的一批人。

基於以上的分析，可知藝術與文學的目的，並不在回歸自然，而實在是對無限自由之追求，藝術與文學均要求在此追索中創生出一種原不曾存有的境界。這種境界可以帶給人類一種新鮮的滿足，或者啓發出一種新鮮的感覺，因而促生對進一步滿足的索求。這是種與宗教家「慾也無涯」的警惕適得其反的路程。

以前人們對藝術家與文學家最大的誤解，是認爲他們揭開了大自然的奧秘，引導我們更瞭解更接近了自然。這是一種完完全全謬誤的想法！如果確係如此，經過了數千年無數偉大的藝術家與文學家的導引，我們早該又回歸到自然的懷抱裏。可是事實上我們卻是離開原生的自然越來越遠了。所以可以肯定地說：沒有一個偉大的藝術家或文學家領導過我們去接近自然。眞要想接近自然，我們盡可以自己跑回自然的懷抱裏去，不需要任何人的導引，因爲世界上再沒有比回到自然更近的路程。事實上，在不同的文化和國度裏，也確然不時有人做出回歸自然的嘗試。這樣的人絕不會跑進博物院或圖書館裏去尋求自然！而且他們把什麼藝術家文學家一類的人都看得一錢不值的。然而大多數的人並沒有如此的解悟，他們誤以爲唸誦了幾首謝靈運或王維的詩句，就等於回歸到自然的懷抱裏去了，他們誤以爲通過了人間幾個具有創造力的心靈像盧騷者就可以獲得了對自然的瞭解或返歸自然的良方妙計，殊不知他們是上了大當了。在藝術家和文學家的心田中所反映的自然，只是自然的一個虛影，而實際上卻是這羣喜愛探險的人在心靈中所獨創的一種境界。這種境界愈是新穎，愈是不肖於任何既存的境界，對人的啓發就愈大，也愈可能使人誤解到他揭露了什麼既存的眞理。實際的情形恐怕是與既存的眞理又遠了一步了。

換一種方式來說，如果我們把原生的自然視作爲一種既存的至高的和最後的眞理，那麼世間就不會再有第一個絕對的眞理，這是邏輯上很容易理解的事。那麼藝術家和文學家所創造的只能是相對的眞理，無須乎狂妄地向絕對的眞理挑戰。這些人存在的價值卽在於他們這種創造相對的眞理的能耐。柏拉圖就曾把這種創造相對眞理的能耐誤解爲一種對自然的模擬之模擬，主張把詩人從他的理想國裏放逐出去。我們現在卻要把柏拉圖一類的人從詩人國裏放逐出去，因爲他們不配住在詩人國裏！

藝術與文學家所創造的既然只是相對的眞理，所以也就產生了相對的眞假、相對的善惡與相對的美醜，衡量的標準只適用於其所創造的世界中。如果現在我們以

「作家」一詞代表所有有藝術創造才能的，那麼每一個作家就都可以為人間創製一種各別的境界。這些境界可以是互相關連的，也可以是各自獨立的，但必須創製出一種境界，才配稱為一個作家。這也並不是說一個作家不能繼承任何傳統。傳統自然很有應用的價值，但所繼承與借取的只能是組成新境界的某些方法與素材，而不能是主要的精神，更不能是境界的整體。此之所謂藝術貴在獨創。

獨創自然並不意指閉門造車式的創造，而是由生活經驗中提鍊而來的。每一個作家都具有相當的生活經驗，有的經過戰爭的慘痛，有的經過愛情的纏綿與破滅。不管什麼樣的經驗，都自然會引起了一個作家情緒上或激或緩的反應與波動。因為時地的交錯，人與人之間不可能有完全相同的經驗；又因為人生而異禀，也不會有一個人情緒上所產生的反應與波動完全同於他人。因此一個作家便自會產生一種異於具有不同經驗與不同反應的其他作家的感受。這種特異的感受便把一個作家納入了一種與當下環境交感的特定情況之中。這種特定的情況就是一個作家創造其獨特境界的主要泉源。如不在此泉源中汲取靈感，反追逐於自我感受以外的他人的境地中，便是抄襲；如不在此泉源中汲取靈感，只任意地憑空虛構，便是閉門造車。

我們知道中外歷史中迷失在抄襲中的作家很多，迷失在向壁虛構中的作家也不少，二者皆出於不能面對自我的結果。前者失在缺乏自信，不相信自己的感受有足夠引起他人興味的價值。後者失在沒有勇氣面對自我的問題，結果只可向人扯謊。

雖說人與人之間的感受基本上是相異的，但這種差異有時只表現在極細微的分別上。然而不管多麼細微，對一顆敏感的心就是難以忽視的大事。此之所以作家異於常人之處。另一方面，人又具有了許多基本的共同反應與感受，飢則思食，渴則思飲，對痛苦之畏懼，對歡樂之追驅等。由於這種種共同的基本反應才使人與人之間有溝通交感的可能，也才可以接受超出於自己經驗範圍以外的他人之感受。結果是通過了他人之獨特感受，擴展了一己感受的範圍，也就等於擴展了一己的時空和生命。這是觀賞者受益於作家之處。一件作品即因作家的感受而始，最後經觀賞者感受範圍的擴展而獲得完成。作者與觀賞者之間的關係具體地說即是一種心靈的入侵與被侵的關係。假作家（包括抄襲與閉門造車之類）只是一個侵略者，因其或根本沒有一己之感受，或有感受但不肯不敢表露之，於是只可用自己之嘴說他人之教，結果只會侵略觀賞者的感受而已。真正的作家是把自己的感受獻示於人，供觀賞者的自由入侵。如果觀賞者願意而能夠接納此一感受，則觀賞者與作者因此化而爲一。所以作家者流，就是那類甘願呈獻出一己之心靈感受由人自由入侵的人，也是甘願與人同化的人。

境界源發自感受，卻不能只因感受而完成，境界之完成須借助於巧思與巧手。巧思與巧手都必須經過長期的學習的過程，都必須從試驗的努力與錯誤的沮喪中獲取經驗。譬如一個舞者的自由蹁躚是從無數的巔躓中得來的。巧思與巧手是一種無限的追求，即使一個大匠在創製一種境界時也無能避免錯失與缺陷，因此十全十美的境界是客觀上並不存在的。但每一個作家卻都具有追求十全十美之心。作家們在這種心向的驅使下，都企圖以最完美的境界來表達其獨特的感受，因此一個作家在反映其感受時是歡樂的，但在創製其境界時卻是痛苦的。創作的過程便是一種痛苦與歡樂交織的過程，具體地說作家的創作正如孕婦生育時的感覺相類。

一部新生的作品就如一個初生的嬰兒，不但延續了既存的生命，而且承擔了從舊生命中突破的責任，也就等於是一種異於既存的新生。新生命的傾向不但是外在時空的綿延與擴展，也是內在意識層面的開拓。人類的意識層面比之於潛意識與無意識，猶如大海中之一粟。內在的潛存意識正如外在的宇宙一樣的遼闊，一樣的充滿神秘不可思議的境地。所以一個作家翱翔的方向不止是外緣的，也是內緣的。然而宇宙與意識層本是一體之兩面，外緣的無限與內緣的無限終歸爲一。

在無垠的宇宙間，人類是感到自身的渺小、無助與不具任何意義，在自然的面前無法不懷抱着那種原始的恐懼。然而自然所賦予人的最大的恩寵卻是使人類有超脫這種恐懼的自由，也就是使人類不由已地滋生了超脫這種恐懼的自由之自覺。

所以一個人在無法解脫內心中的原始恐懼時，在生活中便不會有突進的自由。一個作家在無法解脫心中的原始恐懼時，便無能自由運用一已的感受。沒有自已的特殊感受，縱有巧思與巧手，也無所施其巧。因此解除一已的恐懼感不但是每一個人應該要做的事，更是一個作家的第一要務。然而這種人所共有的原始恐懼，常常化爲兒時的夢魘，以不明確的形態潛伏在人的潛意識層裏。因爲夢魘的形成多半連繫到沉重的傷痛，就更不容易觸接與解脫，正如沒入骨肉的枷鎖，解除時須要忍受巨大的痛苦，因而有不少人甘願終生忍受枷鎖的範繫，而無能或不肯面對解脫的痛苦。這卻是每一個人自已的事。你既有解脫的自由，也有不解脫的自由，沒有人可以幫助別人解脫別人的枷鎖。一個作家的感受常不過是表現了這種自解的過程，是成功還是失敗，只可以做為一種榜樣而已。

解脫了枷鎖的心靈才能發揮自然所賦予我們的自由翺翔的本能。人類從自然中來，卻無能再回歸到自然中去，正如嬰兒從母體中來卻不能返回母體中去一樣。人類心目中的眞善美也早已從自然中脫穎而出，化作了一種理念。理念中的眞善美，在邏輯上就是種永不會達到的理想，人也就因此做着永無止境的追求。人類這種以囿於有限時空的生命向無限中所做的無限的追求，就可以把有限在當下化作了永恆，人生的過程因而沒有一刻不是同時具有了有限與永恆的雙重性。人類在自然中超越了向自然之模擬而進入創造之境，不但創造着文學藝術，也創造着人類自己的命運。

沒有一種有力的理論可以阻止人類掌握自己的命運，因此也沒有一種文學理論可以阻止一個作家做更新穎的嘗試，也沒有任何教條可以約束得住作家趨向自由的心靈。

在我自己的創作生涯中，我所努力的不過就是解脫我自身的枷鎖。我有一種直覺，就是覺得人的生活不該是目前這種僵挺的模式，人活在這個世界上應該像水中的魚、空中的鳥，人的言談應該像歌唱、行動應該像舞蹈，每一個姿態都是一幅繪畫。現代的舞蹈家、音樂家、繪畫家就正在爲人類摸索另一種生存的模式。對文學的藝術，我希望像一種舞蹈、一種波流的樂聲、像魚之游、鳥之飛，不但其意象，其文體也該如是。

如果你問我作家的價值在哪裏？我說在自由那裏！如果你問我人生的價值在哪裏？我也說在自由那裏！沒有自由，也就沒有作家！沒有人！作家的心靈、所有人類的心靈就是一隻隻光潔的海鷗，在清風麗日的汪洋中向着永不會到達的海岸自由而勇敢地飛翔！

一九八〇年六月十九日於英倫

海鷗

秀威版總序 五
海鷗的遐想（代序） 九
癌症患者 二九
母親的肖像 五九
沙上的野餐 七五
遠帆 九一
教父 一一五
尋夢者 一二五
典禮 一三五

奔向那一輪紅艷艷的夕陽　一五一
象徵文學與文學象徵（代後記）　二一三
馬森著作目錄　二一九

癌症患者

入冬沒下雪。

年前沒下雪。

一過新年，卻下了一場大雪。

其實天氣並不多麼冷。下雪的那天，氣溫剛接近冰點。第二天氣溫又上升了兩度，積雪開始消溶。原來是那麼一個冰清玉潔的天地，竟到處淤積着污濁的泥濘。特別是街道兩旁，被汽車濺潑成兩條凸起的黑不黑、白不白、水不嘰嘰的雪渣子。草地上本來還保持了一陣子白玉的光潔，過了一天也間雜地露出了些大大小小的黑洞，傷體的瘡瘢似地擺在人的面前。他進門前總把鞋底在門前的草墊上擦了又擦，然後才用鑰匙開門。一手推門，另一隻手去脫掉脚上的鞋子。一手拎着兩隻鞋，踏進了他那鋪着厚厚的地毯的客廳。

雲正在一個人看電視。聲音放得很小，深怕吵了鄰居似的。他進來，她竟沒有轉過頭來看他一眼。他輕輕地溜進厨房，把鞋子放在通往地下室的扶梯上。他又在碗厨裏拿出一隻茶杯，放進了一小杓咖啡末，把電壺插上。他聽見客廳裏卡達一聲關了電視，雲拖着拖鞋走來了。

「晚上吃什麼？」

「隨便！」

雲打開冰箱。

「糟糕！肉忘了解凍。」

他皺了皺眉頭。

「將就吃點火腿吧！」

電壺叫起來了，他冲了一杯咖啡。一手把着小杓，一圈一圈地攪動。

「週末我想去S城。」

雲捏着一包火腿，楞楞地望着他。

「週末我想去一次S城。」

「他們有信來了?」

「誰?」

「林楓跟金鈴。」

「沒有。我一定得去S城。」

「不是去看他們?你——我說我們,差不多一年沒去過S城了。」

他把着小杓,一圈一圈地攪動着咖啡。眼睛盯着茶杯上那一個似鳥非鳥、似魚非魚的圖案。

「林楓死了!」

雲又轉過頭來楞楞地望着他,臉上沒有什麼特別的表情。橢圓的眼鏡反映着窗外半溶的雪景,他看不清她的眼睛。

「林楓死了。」他好像對自己說。端起咖啡,呷了一口。「今天老趙打電話來。你知道老趙在S城兼差,一個星期至少去兩次。他說林楓死了好幾個月了,是血癌死的。這種病得了就沒救。你記得吧?上回見面的時候還又說又笑的,活生生的一個人，誰想到會招上這種病！」

「那麼你去看金鈴？」

「是，是去看金鈴。」

「我陪你一起去。」

「不，還是我一個人去的好。你跟金鈴是談不來的。」

雲忽然身體搖擺着，像站不穩似的，手上的筷子潑啦啦地滑到了地板上。她也並不去撿拾，卻急步地鑽進了浴室，他聽見她在裏頭鎖上了門。幾分鐘以後，他才聽見一聲抑制不住的抽泣。

他也需要清靜，無人打攪的清靜。他只求一個人，孤寂的一個人，像兩年前似的。那時候他不認識雲，他唯一的朋友只有林楓跟金鈴。他在S城的大學讀書，差不多每個月總跟他們見幾次面。林楓跟金鈴很少出門，總喜歡在家裏招待朋友。金鈴並不多麼擅長家務，只是她不在外工作，盡力把家裏擺佈的舒舒齊齊的。林楓很會做菜。每次招待朋友都是林楓下厨，金鈴只在一旁打打雜。金鈴雖不多麼懂家務，可是沒有一個朋友不羨慕林楓的福氣，都說金鈴是少有的賢妻。

他最喜歡在多天落雪的天氣，坐在他們的壁爐旁，有時三個人聊聊天，有時玩玩三人橋牌。金鈴說話不多，但總是抿着嘴望着她的丈夫。只要林楓一轉過臉去看她，她就對他微微一笑。有時候她也對他微笑，他便有一種非常奇特的感覺。他會忽然耳根發熱，急急地把頭垂下去，兩眼緊盯着手上的牌。

「該你，懷生！」

他丟一張牌到桌上，林楓笑呵呵地把他的牌攏到手邊。他總愛呵呵地笑着，笑起來一臉紅光。

林楓這樣笑着的時候，他也勉強擠出一點笑意。可是馬上又收斂了。他覺得自己笑得那麼笨拙，那麼不自然，這時他便一面生自己的氣，一面覺得心中充滿了妒意，竟有些厭恨起林楓來了。

「應該給懷生介紹一個女朋友。」有一次林楓竟這麼當着他的面對金鈴說。

「是呀！可是什麼樣的女孩兒才配得上懷生呢？」

「像你差不多的女孩兒就好了！」他竟脫口冒出這麼一句來。出口後，心中好不懊悔，就趕緊改口道：「你要是碰巧有個妹妹或是表妹什麼的……」

金鈴聽了咯咯地笑起來。

他覺得臉上熱辣辣的。

過了好一會兒，她才說：「我倒想起一個人來。」

「誰？」林楓問道。

「雲。你看雲好不好？又有學問，人又文靜，一定會做一個好太太。」

「別開玩笑吧！我那裏有時間管這個問題！」

「眞是書呆子！」林楓笑着說：「轉眼碩士拿到手，做起工程師來的時候，你就會知道有個太太的好處了。」

「我得去看金鈴，不能聽老趙瞎說。」他又提起小杓攪了圈剩下的半杯咖啡。然後把咖啡推開，走到浴室的門前。

「雲！」

門輕輕地開了。雲低着頭，影子似地靠過來。她的臉埋在他的胸前。他的手機械地插進她的髮裏。但是馬上又落下來，輕輕地把她推開。她在那裏沒有移動，眼鏡上蒙了一層霧水。

「我們還是出去吃飯吧！」他說着就走去穿他的大衣，又到地下室的扶梯上找鞋。他一切都穿好了，就靜靜地站在窗前。他感覺到雲也穿了大衣來。也不去回頭看她，就開了門朝汽車走去。

天仍然是陰沉沉的，說不定還會下雪。他眞希望再下場雪。他是生在無雪之國的，可是自幼就夢想着雪的皎潔。到了異國，他才知道皎潔的時間是短促的，那半溶的汚濁的雪景卻停留得那麼長久。

「去哪兒？」坐進汽車以後，他這麼矯情地問着。其實每次出外吃飯，都得依着他的性兒，可是每次他總又習以爲常地問上這麼一句。要是雲正好說中了他的意思，自然不成問題；要是雲提出了意外的意見，他也總有法子把她說服。事實上，雲多半是沒有意見的。

「你要去哪兒就去哪兒。」

「去馮家怎麼樣？」

他並沒有等到雲的回答，就發動了馬達。

他沒有胃口。雲也一樣。他低頭扒了幾口飯，想着今晨老趙的電話，就再也嚥不下去了。

「懷生，你好久沒去S城了吧？還記得林楓？」

「你說什麼？林楓是我的老同學，多年的朋友。」

「你還說是你的老朋友？老朋友連封信也不寫呵？」

「唉，其實……你知道的，還不是爲了忙。大家都忙。」

「告訴你吧，林楓死了好幾個月了……」

「你說什麼？」

「林楓死了！」

「……」

「聽說是癌症死的。」

「沒聽說他有什麼癌症。」

「是金鈴親口告訴我的。她說是血癌。還有更新鮮的呢！」

「金鈴沒有寫信來，我什麼都不知道。」

「她才不會給你寫信的。她現在跟林楓的朋友都斷絕了關係。林楓的家人恨死了她。你知道我是在哪兒碰到她的？」

「……」

「林楓死了不到一個月，她就又幹起她的老本行來了。這個還不算，還有別的外快。聽說二三十塊錢就行。你說這女人有多賤！」

他出國以前就聽說他的同班同學，他的同姓不同宗的好朋友在美國娶了一個香港來的腰貨女郎。林楓一家子都引以爲恥。他出國時林楓的父親就要他不要去找林楓，忿忿地罵着：「這個沒出息的畜牲，家裏給他介紹了那麼多的好姑娘，他都看不上眼，偏偏地弄上這麼一個不三不四的女人。書也唸不成了，家也不要了。聽說爲了供給這麼一個女人，整日價在飯館裏打雜、洗盤子，你說氣不氣人！」

但他去的S城正是林楓客居的所在。除了林楓以外，他也別無熟人。他還是寫信給林楓，把他抵達的時間跟飛機的班次都詳詳細細地告訴了他。

他在一個夏末的黃昏到達了S城。一出海關，林楓的胖胖的圓臉立刻迎面而來。

「幾年不見，更加發福了。」

肩膀。

「在飯館打雜，油水倒撈了不少。」林楓呵呵地笑着，握着他的手，又拍他的

「累了吧？來，我替你提這隻。還有沒有別的行李？」

「就這兩隻，已經夠多了。都是我媽，你知道她的脾氣，怕缺這、怕缺那。依我，一隻箱子都太多。最後還是依着她。」

林楓叫他把箱子先擱在出口處，等他到停車場把車開過來。

「喝！好漂亮的車！」看了林楓那棗紅色的亮晶晶的福特，他不禁驚喊起來。

「別叫！別叫！過兩年你會買更漂亮的。來！快點兒！金鈴在家裏等我們吃炒麵呢！」

林楓的確發福了，他那放在駕駛盤上的手指顯得又粗又短，跟自己細長的手指正成一種對比。林楓穿着敞領的運動衫；自己卻西裝齊整，還打着領帶。在飛機上還不覺什麼，一出機場就覺得熱氣蒸騰。他忍不住把領帶拉鬆了些。

林楓瞥了他一眼，笑道：「我看你還是寬寬衣服吧！留洋也犯不着受這種洋罪。」說完又呵呵地笑起來。

林楓本就是樂天派，現在卻似乎更加開心了。美國畢竟是個奇異的國家，在飯館裏洗盤子的竟也能這麼樂天知命！

「談談你的金鈴吧？」他忽然這麼興味盎然地說：「看你的樣子，是夠幸福了。」

「談什麼，一會你就見着，還是你自己看吧！希望我家裏人沒給你談過金鈴的事。」林楓溜了他一眼，噗哧又笑了。

「你想能沒談嗎？」

「爲了金鈴的事，惹翻了我爸爸。其實他也沒見過金鈴。上了年紀的人，就專愛聽謠言。他以爲他的兒子是笨蛋，被騙了。你看，我像個被騙了的樣子嗎？」

「誰曉得？你就是被騙了你也不會承認的！」

「去你的！有些傻小子想叫人騙，還沒人肯呢！」

「說眞的，你的金鈴一定是個了不起的女人。看你這得意的樣子，就知道了。你家裏的人眞是多慮了。」

「其實金鈴只是一個『平凡』的女人，只是她對了我的胃口。在認識金鈴以前，我見過不知多少個『不平凡』的女人。說來你不會相信，那些女人只能叫我打瞌睡。金鈴沒有學問，人才也不見得出衆，可是我一見到她，我就知道：這正是我所要的女人。喏，我們到了！」

他抬起眼來，雲正在盯着他。

「你在想什麼？」

「沒想什麼！」

「看你的飯都涼了。快吃了回家吧，可能又要下雪呢！」

「我夠了……」

「你差不多沒吃什麼。」雲關心地用筷子撥着那條豆瓣魚。

「我夠了。」

他付了錢，走出來。天仍然是陰沉沉的。手指感到些涼意，氣溫大概又降到冰點上下了。

他們仍沉悶着，沒有再說什麼，也沒有再提林楓跟金鈴。直到換了睡衣，躺在床上的時候，雲才又悄悄地問：

「你說週末去S城，不會是明天吧？今天已經是星期四了呢！」

「我的意思就是明天。」

「你這麼急，晚幾天不成嗎？」

「爲什麼要晚幾天？」他的聲音是冰冷的。連他自己都覺得冷得叫人心寒。

「我怕明天要下雪呢！」

他沒有回答，卻感到雲的一隻手，一點一點地移過來，抓住了他的。

林楓推開了門，讓他先走進甬道。左手就是客廳。在橘黃色中有一點綠。綠得那麼耀眼，綠得那麼協調，好像在黃絹上睡着一塊翠玉。他楞在那裏。地毯、沙發、壁紙都是橘黃或近於橘黃的顏色。一支立燈也散發着橘黃的光輝。就在正對客廳門的長沙發上斜靠着一個綠衣的女人。那是一件綠色散佈着白點子的簡單的長衫，有兩隻白色的環在雙肩上扭起來，前後自然地披掛下來。圓潤而修長的雙臂完全是裸露的。也是裸着的雙脚趿着一雙白色的拖鞋。一副白色的圓型耳環在那似笑非笑的嘴角邊輕輕地晃動。他楞着的時候，她就含笑地輕盈盈地站起來。

「我叫金鈴。」她先伸出手來。他又是一驚，她的手竟是那麼出人意外的柔軟滑膩。

「金鈴，炒麵你熱了吧？我想懷生大概餓壞了。」林楓一放下手裏的東西，就竄進來站在他太太的身旁。

「不餓，」他趕緊接口說：「在飛機上吃了不久。」

「飛機上的東西哪是人吃的，我們還要開瓶酒慶祝慶祝。」

「眞抱歉，沒有什麼好東西招待你。炒麵是林楓去機場以前做好的。我什麼都不會做，只能跟他打打雜。是吧？」她兩手輕輕地攀着丈夫的臂，仰着頭含笑地望着林楓的臉，偎在他的身上親切地靠了靠。林楓又呵呵地笑起來。一手挽着金鈴，一手挽着懷生，把他們一起引到厨房裏去。

厨房裏，在一張淡咖啡色的飯桌上擺了三份杯盤，每一個盤下都襯了紅色的墊子。紅色的餐巾扭成一個蝴蝶狀的結。在餐桌的中心豎着一支彫着玫瑰花的紅燭。桌旁的天花板上吊了一盆深綠的羊齒植物。細長的葉四面八方地披掛下來。林楓跟懷生對面坐下。金鈴坐在他們之間。那羊齒植物正懸在金鈴身後。一片葉子差不多拂到了她裸着的肩上。那弧形的肩閃着潤滑的潔光。林楓把一瓶琥珀色的紅酒注滿了三人的酒杯。在他們擧杯互慶的當兒，懷生卻看到了金鈴腋下一叢未剪的棕色腋毛，且有一股淡淡的體臭飄了過來。奇怪的是那棕色的腋毛他一點都不覺得刺目。更奇怪的是那淡淡的體臭可能在另一個場合是難以忍受的，這時他卻覺得比他手中琥珀色的紅酒更加醉人。然而很快地他喝完了手中的那一杯酒。林楓又爲他注滿了一杯，他又喝光了。醺醺然地對林楓笑着，對金鈴笑着。

「懷生累了。」金鈴悄聲說。

「我看他是醉了，」林楓說：「我從來沒見他喝過這麼多的酒。」

懷生的車開上赴S城的超級公路的時候，雪花眞地一片片地飄落下來了。一下班他就掛了一個電話回家，告訴雲他直接去S城，第二天才可以回來。對方沒有立時回答，可是他差不多似乎聽到雲的喘息，他毅然地掛斷了電話，他知道雲的反應。再聽下去，也許他竟會失去了赴S城的勇氣。但他知道他一定得去，非去不可，彷彿身體上每一根神經都膨脹起來，把他逼向一個一定的方向，而且越快越好。

雪花越飄越密，前行的車都慢了下來。前方不遠處有一部車滑出了公路，斜臥在雪堆中。路旁半溶的積雪被剛剛飄落的雪花覆上了一層白紗，遠望田野、樹林、房舍都消失在這一層白幕中，到處都是純色的淨潔，美妙無瑕。他心中充滿了感激與滿足。

「這孩子就是愛乾淨，像我。」母親驕傲地說。在他的記憶中，他們的房舍總是一塵不染的。母親差不多是抹布不離手，一天到晚到處拂拭擦抹，好像深怕一停手，那無孔不入的灰塵就把她的雅舍污染了。

雨刷把雪片刷到擋風板的兩旁，發出單調的擦擦聲，竟像那年夏日的大雨中他們——林楓、金鈴、雲、林楓的妹妹林彩，還有他自己——同去海濱的光景。林楓駕車，林彩坐在林楓的身旁，不知爲什麼他竟無意中坐在後座金鈴與雲的中間兒。其實也並非完全出於無意。上車時，金鈴讓林彩坐在他哥哥身旁，又讓雲先坐進了後座。本來應該輪到金鈴的，可是她竟把懷生先推進了車裏。懷生開始時感到頗不自在。雲是不大愛說話的女孩子，再加上一上車就把一本小說攤在膝頭，好像拿定了主意誰也不理，他就只能跟金鈴找些話說說。誰知雨一直不停，只聽到雨刷單調的刷刷聲。林楓打開收音機，收聽一些熱門音樂，怕這單調的雨聲把他引入了夢鄉。

他忽然感覺到金鈴的身體隨着車的震顫朝他靠攏過來。不久她的腮就貼在了他的肩上。她的輕微的呼吸癢癢地搔着他的脖頸。他又聞到了她那輕微的體臭。他全身的神經似乎都膨脹起來。他緊緊地咬着牙齒，一手輕微地緩慢地從金鈴的身後環過去，手指一點點地扣緊了她的腰身。金鈴似乎是進入了夢鄉，竟毫無所覺地朝他偎過來。也許她把他當成了林楓吧？

他的心怦怦地跳個不止，又害怕，又激動，好像幼年半夜裏一覺醒來忽然摸不到母親的身影。自從三歲爸爸死後，他總是跟母親睡的。跟母親一起睡，他總擔着心。母親時常深更半夜地起身離去。他害怕母親終有一天會被人從他身邊搶走，特別是王伯伯。王伯伯一來，就帶給他大包小包的東西，可是他怎麼也不喜歡王伯伯。他隱隱地感到母親太接近王伯伯是一種危險。他不喜歡母親跟王伯伯在燈下喊喊喳喳地談話。這時母親總把他先趕上床去。可是他無論如何不能入睡，豎着耳朵期望把他們談話的每一個字都捕捉起來。其實他太緊張了，什麼都聽不清楚，就這麼累極力竭進入了夢鄉。然而他半夜裏仍會驚醒，他會立刻發現母親不在床上。他把眼睛瞪得大大的，努力使自己完全清醒過來。他不哭也不叫，躡手躡腳地溜下床來。他要知道母親跟王伯伯到底在做些什麼事情。他摸到客室，在暗澹的夜色中他只看到母親一個人。她正跪在她供養的觀音像前的墊子上，捻着一串念珠，口中模糊不清地不知在唸道些什麼。這時候他就跑上前去撫着母親的背，讓淚滴無主地跌落在她的衣裙上。她回身緊緊地摟起他來，親他的臉，開始低低地啜泣。

不知過了多少時候，金鈴伸手悄悄地拍了拍他的腿，他才感覺到他的手仍然攬在金鈴的腰身上。他抽回手，臉上一陣緋紅。金鈴卻漫不經意地坐直了身體，開始理她的頭髮。

林楓的妹妹林彩，矮矮胖胖的身材，有一張大嘴，說話又急又快。好像她不多麼把金鈴放在心上，她總愛跟她哥哥嘀咕些私話。這時候金鈴就像給外了出來。好在林彩住的遠，只有暑假的時候才偶爾來看看她的哥哥。林彩來的時候，林楓就找懷生來一起玩。他們又約了林彩中學的同學現在S城唸書的雲一起，眞是煞費苦心的安排。

雲長得很端正，身材也不錯，就是戴了一副近視眼鏡，像個書呆子，有時她會呱啦呱啦大說大笑，有時又半天不出一語，很有些怪癖。爲了不負林楓、金鈴的好意，懷生才跟雲有些往來。他們一起吃過飯，跳過舞，但多半跟林楓、金鈴一起。

他開了收音機，這樣在雪中慢吞吞的駕駛，他怕自己會睡在駕駛盤上。忽然遠處傳來幾聲喇叭，前邊的車忽然更加慢了下來。「出了事吧？」他這麼問着自己，同時減低了車速。不久，前邊的車都一部接一部地停了下來。他也停了車。車旁的玻璃已經濛濛地罩了一層雪霰。車後窗也積了雪，車中的暖氣竟來不及把積雪溶掉。好些人乘機下車來掃除窗上的積雪。他也去掃除了一陣。一下車，他才感到外邊冷得厲害。他一連打了幾個寒噤，就急忙鑽進車來。車又開始前進。十分鐘後他看到兩部出事的車子早已給推到了路邊。遠遠地已望得到S城的燈火。他的心忍不住卜卜地跳起來。他好像立刻駛到了林楓的寓所。來開門的正是金鈴。林楓不在家，金鈴伸着懶腰，剛剛睡醒了午覺的樣子。

「是你！」金鈴打一個呵欠說：「對不起！」趕緊扣起了無意中敞開的襯衫上的一個鈕釦。她把懷生讓進客廳，他們面對面地坐着。天氣相當熱，窗子都是打開的。隔着紗窗，透進一片綠意。園中的樹上有些鳥兒在唧唧喳喳地叫着。懷生注意到今天金鈴沒有化粧，她的眼睛似乎比平時小了許多。但她一口齊整的白齒卻一如平時的光潔。上嘴唇朝上微微地翹起，使她鼻子兩旁的兩條弧線也一併飛起，給嘴角帶來了一絲自然的笑意。

「你看什麼？我臉上有什麼不對嗎？」

懷生這才意識到他那凝注在她臉上的癡癡的目光。

「沒有什麼。」他有些臉熱，垂下頭，順手抄起一本雜誌，翻了一頁，是一幀裸體的女人，又合上了。

「你剛睡午覺？」

「可不是，天氣悶得很。」

他又翻了一下膝上的雜誌，又是一幀裸體的女照，側臥在白色獸皮的氈上。合上。目光向前面射去。金鈴正朝着窗外。一手懶懶地搭在沙發的靠背上，把她的襯衫的領支開了，半露出她凸起的胸部。他好像呼吸一霎時都停歇了似的，手心冒出了陣陣冷汗。

「畜牲！畜牲！」他喑喑地罵着自己。

母親的念珠一顆顆地滾落下來，就撒在她的脚下。

「孩子，我不會離開你。我們是什麼家庭呀？一入林家的門，好歹都是一輩子。王伯伯不會再來了，他不會再來了，我已經回絕了人家！」

念珠一顆顆地滾落下來，就撒在他的脚下。

他覺得他的心差不多要打口腔裏蹦出來了，他一下子衝了出去。上了車，他發覺在他身旁的竟是雲。他開得飛快。

「你怎麼啦？你怎麼啦？」雲緊張地攀着他的臂。「你喝醉了吧？」

卡達一聲停了車。他側轉身，就緊緊地壓在雲的身體上。雲吃驚地掙扎了一陣，逐漸地軟癱下去。他吻她的唇、她的頸、她的胸、她的全身。一隻餓了幾天的狼，終於撲到了一隻小綿羊。

她嚶嚶地哭了起來，到處摸她的眼鏡。他坐直了身體，一隻手虛脫地搭在駕駛盤上，滿天星斗好像朝外飛了開去，越來越渺茫。他軟了、癱了、燒盡了。再也沒有希望，再也沒有夢想，他眞想痛哭一場。

他終於把他的決定告訴了林楓。

林楓停了步，吃驚地望着他。

「眞的？不會吧？你應該仔細考慮考慮，這是大事！」

「我考慮過，我又不是小孩子。」

他們又並肩前行。晚秋的風把黃葉吹落了一地。

「金鈴還總說你不會娶雲的，我們白費了一番心機。」

「爲什麼？」

「她說你對雲總是冷冷的，好像熱度不夠。」

「天下有不同的熱度，我的熱度是內燃機，深藏不露。」

「倒看不出你來！」

「眞的，你知道，我有病！」

「你有病？」林楓又停了步，「什麼病？」

「癌症！」

「別開玩笑！什麼癌症？」

「我的癌症不是肉體上的，可是我清清楚楚地感覺到有些地方不對勁兒。有些地方的先天組織破壞了，毒化了。這毒又慢慢地向着別的地方蔓延。終於有一天我會整個地潰掉。」

「怪論！」他們在颯颯的秋風中又並肩前行。「可是你還要結婚？」

「爲什麼不？我對雲有責任。」

「有什麼責任？」

「我們那個了。」

「哪個了啊？」

「我們發生了關係。」

「那也並不能算是結婚的理由。我們是什麼時代？」

「現在她也傳染了我的癌症。」

「別瞎扯！」

「眞的，這種病是傳染性的。在我們這個社會中，大家都沾着一點兒。」

「那更不是你的責任了，嗯？」

「可是我覺得這樣好，這樣對大家都好，這樣我覺得安心。你跟金鈴不是希望我們結婚嗎？對不對？」

「想是想過的，可是後來見你那麼冷淡的態度，我們的希望早破了。」

「現在你們該高興了吧？金鈴該高興了吧？」

「是高興，是爲你高興。金鈴說雲是個好女孩兒，又文靜，又有學問。可是我覺得要是你沒有熱度，不管多麼出衆的女人，都沒有意思。」

「我告訴你，我是內燃機，有癌症的人都是這樣的。」

「又來了！別說瘋話吧！一個人在外要好好保重身體。」

「保重不保重有什麼不同？我倒看不出來。我們不缺吃，不缺穿，只要安安分分的，就可以過幾十年平淡的日子。可是我們也沒有希望。」

「沒有希望？」

「是沒有希望。告訴我，我們的希望在哪兒？你娶了金鈴，你很滿足。整天價在飯館洗盤子也不以爲苦。將來你生了兒子，你的兒子又娶一個小金鈴，又在飯館裏洗盤子。這樣世世代代下去，就是我們的希望嗎？」

不知何時雪竟然停了。他停好了車，抓起一團雪，擲到唇邊，伸出舌頭舐着那個雪團。涼，沁心的涼。林家的他熟悉的那所小房子透出淡淡的橘黃的燈光。金鈴還沒睡吧？他按了門鈴。出來開門的竟是一個十四五歲的小女孩。

「找誰？」說的是英文。

「佟金鈴，林太太！」

「啊，她不在，大概很晚才會回來。」

「我是她的朋友，從外地來的，我可以進去等她嗎？」

那小女孩躊躇了一會兒，終於讓他進去。「其實我不應該叫你進來的。我只是替她看管寶寶……不過，我想她也不在乎。」

他脫了鞋，坐在客廳裏。那小女孩到廚房看電視去了。他就呆呆地坐在那兒。一會兒看一次錶，又一再地把腕錶舉到耳邊，聽是否還在走着。他差不多快要睡着了，忽然聽到了金鈴的聲音，咯咯地笑着，好像跟誰在低低地說話。

他站起來，正迎着走進來的金鈴跟一個不認識的男人。

金鈴似乎是吃了一驚。

「呀！是你！」

「金鈴！」

金鈴轉身去跟那個男人用廣東話咕嚕了好半晌，才把那人送出門去。再回來時臉上顯出無限憔悴的模樣。不勝疲倦似地馬上就倒進了一張沙發裏。他仍然站在那裏。

「聽說林楓過世了。」

金鈴兩手掬到面前，遮住了她的表情，好像要失聲大哭的模樣。過了一會兒，她的雙手輕輕地放了下來，她的臉上卻出奇的平靜，甚至於嘴角上仍然掛着她那自然的笑意。

「是，已經三個多月了。」

「聽說是癌症？」

「血癌。也許他早就有這個病，只是自己不知道。最近一年來，他老是抱怨頭痛、眼花，我們還沒有想到這上頭去。後來在他眼裏，一件東西常常會變成兩件，才去醫院檢查。一檢查不得了，是血癌！我也不敢直接告訴他，就騙他說醫生說紅血球過少，需要輸血。醫生說這種病是沒有救的。只有輸血試試看，碰碰運氣。就在輸血的第三天，死在醫院裏，他自己始終不知道他有癌症。」

「噢，林楓！」

那看寶寶的小女孩穿好大衣，提着小皮包，站在客廳門前。

「你坐坐，我得把那女孩送回家去，你是不是要來看看寶寶？」

他跟她走進臥房，在一張小床上睡着一個一歲多的小男孩，圓圓的臉，像極了林楓。

「長得這麼大了。」

「可不是！上次你來的時候，才幾個月呢！」

金鈴把那女孩送回家去。他又回到客廳不停地來回踱着，兩手吃力地交握在胸前。一聽到開門的聲音，他就急步迎了上去，緊緊地握住了金鈴的雙手。

「金鈴，我聽說……」

「你聽說什麼？」

「我聽說妳又……」

「是。」在甬道裏他看不清她的臉，但她的聲音平靜而柔和。「這怪不得我，我沒有什麼本事，又吃不得苦，而且還有寶寶。我們本沒有什麼積蓄，楓住院的時候花了好一筆錢。不這麼着，又怎樣？」

「……」

「就是楓活着，他也沒有話說。」

他低下頭，吻着了她的唇。可是她馬上把他推開了。

「懷生，不要這樣！」

「金鈴……你知道……你知道……」

「我知道，我什麼都知道。可是我求你，不要這樣。你還是回家吧，雲在等着你。」

「這麼晚，你要我回家，要我在深夜的雪地裏開車回去？」

「那麼，你去睡在客廳的沙發上，明晨一早就回去，好不好？你說好不好？」

他裹了一條毛毯躺在客廳的地板上。他聽見金鈴在臥房裏不時地翻身。

他跟雲睡在一張床上的時候，就是緊緊地裹在自己的毛毯裏。他推說累了，他推說身體不舒服，他有很多藉口不去碰觸雲的身體。

有一次雲忿忿地說：「我有癲病嗎，叫你這麼怕？」

他躁得滿臉通紅。勉強地伸過手去，觸到雲修長的大腿，很平滑，可是只是平滑而已，像一塊磨光的板。雲暴躁地推開了他的手。他滿心愧疚。他想殺了自己，或者殺了雲，或者兩人一塊死。有許多瘋狂的念頭在他心中七上八下。他把手指伸進嘴裏，用牙齒狠狠地咬下去，直到他嗅到血腥的味道才鬆了口。

有些熱氣在他臉上咻咻地吹着。他一把摟住了她。她只有一襲寢衣，一下子就鬆脫下去，他們像兩個初生的連體嬰兒，緊緊地廝纏着，再也不能分離。

在晨光微露的時候，他開車離開了S城。昨日的雪全沒有消溶。大地散溢着一片沁心的潔光。不久太陽就升起來了，把潔白的雪地染成了一派橘紅，只有遼遠的天際還透着蛋清的顏色。他想到了雲，這時恐怕還在熟睡未醒吧！就在這時，一隻白色的鳥從他的車前斜飛而過，好像馱了一身白雪。定睛一看，原來是一隻海鷗，迎着朝陽，不久就化入了愈來愈藍的天色中。

原載《當代中國小說大展》
一九七五年・時報出版公司印行

母親的肖像

她手中揑着那張寫了時間跟地點的小紙條，輕輕地推開了司密斯小學教員休息室的門。裏面靜悄悄的，天棚上懸下一盞無罩的燈，把室內照得通明。休息室的四周沿牆擺了許多椅子。已有一位母親坐在那裏看雜誌。她推門進來的時候，這位母親抬頭看了一眼，對她微微一笑，又低頭去看她的雜誌。

她在另一邊隨便揀了一把椅子坐下，又攤開手中的紙條看了一眼，對面那位母親身旁的門上正是紙條上的號碼。門是關着的，可是玻璃門上映着裏面的燈光，她就知道一定還有一位母親正在裏面跟導師伯克太太談話。她是比約定的時間來早了一點。她又攤開手中的紙條看一眼時間，上面寫着八點半，現在八點一刻還不到。她把紙條塞進大衣的口袋裏，這時候才感覺到手心裏全是汗。她不知爲什麼，從家裏到學校一路上心中都覺忐忑不安。她看見對面那位太太正神態自若地看雜誌，她就意識到自己的臉板得多麼像一塊板，嘴緊閉着，好像每條肌肉都綳得緊緊的。一意識到自己的這種模樣，她就趕忙努力使臉上的筋肉鬆弛一些，但是效果並不顯著。

其實她從早晨接到伯克太太的電話的時候就已心神不寧了。晚飯匆匆地吃完，過了不久就催着多尼上床。催了不知多少遍，多尼還賴在電視機前不肯動身，她就火爆神似地竄上前去，巴達一聲關了電視，一手抓住多尼的胳臂，老鷹捉小鷄似地把他一逕拖進臥房；把多尼嚇得兩眼淚汪汪的，大氣也不敢喘了。她沒有找人看多尼，八歲的孩子了，一個人待一會兒不要緊，學校又近，她想個把鐘頭就回來了；不過還是讓他先上了床才覺得放心。

這時伯克太太的門開了，走出了一位母親，乾瘦的伯克太太也走了出來。瞅了她一眼，略一點頭，臉上竟全無笑容，就一逕把對面的那位太太讓進了她的房間。門又關了起來。她左右看了一眼，空蕩蕩的偌大一間休息室，就只有她一個人坐在那裏。

她不知道伯克太太要對她說些什麼。她有許多話想問伯克太太，但又不知從何問起。實在說，她並不多麼喜歡這個伯克太太。她覺得這個人乾燥寡情；但另一方面她又覺得伯克太太堅強自信，也許倒可以做一個好老師。她不願讓自己的成見影響孩子的心理，所以在多尼面前她從來不道伯克太太的長短。然而她卻居心問過多尼多次對伯克太太的印象如何，多尼都模稜兩可地答應着，不說喜歡，也不說不喜歡。她自覺像多尼這樣活潑幾近調皮的孩子，一定不會得到伯克太太的歡心。結果期中的成績單下來一看，果然都是二等、三等，連一門一等的都不見。去年在強生太太那一班的時候，雖然成績也不見得多麼好，倒是一、二、三等的都有。升到伯克太太這一班，半年不到，所有的一等科目都跌入二、三等了。成績單後面導師的評語是：貪玩、愛說話、不用心聽講，唸書不流利、連簡單的加減法也不熟悉，總之所有的評語都是負數，竟沒有一句正面的話。

對面的門吱油一聲開了，那位剛才看雜誌的太太仍然神態自若地走了出來。伯克太太向她招手，她就站起身來跟伯克太太走進了那間小房間。

房間很小，卻擺了一張極大的書桌。桌上有一個已經泛黃的地球儀，很爲惹眼。桌旁是一個書架，裝滿了兒童教育一類的書籍。窗臺上擺了幾盆仙人掌、仙人頭那類的沙地植物，倒長得很肥大，每一根刺在燈光的照耀下都像閃爍着點兒寒光。

伯克太太隨手關了門，瞄了一眼腕錶，就用一種沙啞但卻堅定的聲調說：「對不起，讓你久等了！」說着自己就坐進書桌後面一張黑皮的軟椅裏。她坐在擺在書桌前頭的那把黃漆的硬木椅子上，兩手使勁兒地握着膝上的皮包。

「多尼的成績單你看過了吧？」

「看是看過了，成績……」她頓了一頓，想用一種婉轉的說法來表達自己心中的不滿，但一時竟找不出一句適當的話來。伯克太太卻立刻接口道：「成績不太好，是吧？」

「可不是！去年他的成績不是這麼差的。」

「是嗎？」伯克太太帶點懷疑的口吻說。這時她第一次發現伯克太太的嘴邊泛出一星兒笑意，然而這笑卻是冷冷的。她忽然感到還是比較喜歡伯克太太那張全無笑容時的臉。伯克太太的臉，使她想起母親，嚴峻、堅強、一絲不苟。母親是從來不笑的。也許小的時候，在父親沒有離開母親之前，她笑過？然而她竟記不起來。好像自她記事起，母親就沒有再笑過。面對着母親那張無笑的臉，她覺得生趣淡然、索然、黯然。然而，那張臉又使她覺得充滿了堅定的毅力。每當她心灰意懶的時候，只要一想起母親的臉，她就忽然充滿了力量。她得站起來，不能倒下去，像母親一樣，一咬牙把父親拋到九霄雲外，不求他，不靠他，不抱怨什麼，咬緊牙關把女兒拉拔大。在香港那種金錢至上的社會裏，一個女人憑自已的一雙手，不但把女兒拉拔大，還把女兒送進大學，眞不是件容易的事。她値得驕傲，但是她仍然不笑。其實她不知道母親是不是眞正滿意過。四年前，她來加拿大的時候，母親卻哭了。她哭的時候也不出聲，只有眼淚打紅煞煞的眼裏默默地流出來，然後用乾枯的手指使勁兒地揩抹。四年中，她一直想，把母親接來，把母親接來。可是現在她竟慶幸幸虧沒有把母親接來。

「是嗎？」伯克太太等她的回答。

「去年他還有幾個一等，不信去問強生太太。」

「我就覺得奇怪。一開學還好，後來越來越差。精神不穩定、注意力不集中，一會兒捅這個一下，一會兒打那個一下，不管你說什麼，都聽不進去。這樣的孩子我見多了，多尼不是第一個。這樣的孩子都必定有些家庭的原因。」說到這裏，伯克太太住了口，兩眼直瞪着她，灰藍的眼睛裏閃出些寒霜似的光芒。

她慢慢地低下頭去，吞吞吐吐地說：「是。我剛跟我的先生分居不久。」

她真慶幸母親不在這裏。她怕看那無聲的淚打那紅煞煞的眼睛裏流出來。母親原來就擔着沉重的心事。她在港大畢業的那年，遇到了加拿大來的弗來德，兩個月後她決定出嫁。母親一口咬定嫁洋佬不行！洋佬那裏可靠？然而母親的話動搖不了她的決心。她有生第一次反抗母親；其實她又覺得在模仿母親。母親一咬牙可以把父親拋到九霄雲外，她爲什麼不可以一咬牙不顧母親的反對嫁給弗來德？母親現在該樂了吧？她該說：「你看，你看，早就給你說不能嫁洋佬。洋佬哪裏靠得住？不聽老人言，吃虧在眼前！不是給我說着了？」如果母親果真帶着一種報復性的快意因此而拍掌大笑，那倒也可以使人寬心。可是她準知道母親不會大笑，而只會打紅煞煞的眼睛裏流那無聲的淚。母親從不爲自已哭，她的眼淚好像是專爲女兒留着的。

「這是你的私事，要是你不說，我也不願提。這種事，我可看多了。父母分居的孩子，沒有一個沒有問題的……」

她抬起頭來，猛可地看見伯克太太兩眼之間眉頭上有一條深陷的溝，那正是母親臉上特別顯著的一種標記。那條溝使她本來就已嚴峻的臉色，平添了幾許堅毅與頑強。她堅決禁止她接近父親的時候，她就曾注意到那條溝就曾直稜稜地深陷下去。父親嚥氣的時候，託人來叫她。母親當門而立，指着她的臉說：「你要去，我就死給你看！他有他那臭婊子，他死他活跟我們有什麼相干！我告訴你，你死了這條心吧！我不會讓他臨死前還要得意。你小時他在你身上花過一分錢？現在女兒養大了，他倒想來白撿，做夢！我就要看他直瞪着眼嚥一口死氣！有那臭婊子守着，也就夠了。你要知道我的心，我說不去就不去。今天你要出這個大門一步，我就一頭札到南牆上。我說得出，做得到！」

那條溝直往下陷，好像母親整個臉都要陷進去似的。她趕忙捂起臉來，眼淚紛紛地打手指縫裏流了出來。

「哭什麼！這種人不值得哭他！」母親怒聲道。

其實她並不是爲父親而哭。她並不認得父親。記得有一次父親來看她，母親卻把她關在房內。她只聽到爭吵的聲音，驚動了左鄰右舍。大家都派父親的不是。父親終於快快地走了。她在窗戶的一角可以瞅見樓下，她看見一個灰髮的背影踽踽地打樓梯上踱下去。她用力敲打窗戶，那人並沒有聽見。她也摸不準那背影是不是就是她的父親。從此父親就沒有再來過。她不會爲一個並不認識的父親而哭，她哭的是母親。她覺得母親額上那條深陷的溝，好像把她的臉裂做了兩半；她甚至於聽到腦漿迸裂的聲音。

「對不起，是否可以問一句，你的先生有沒有時常來看冬尼？」

「是，他有空就來。」

她眞慶幸母親沒有在這裏。不然，她會不會阻止弗來德來看冬尼呢？

「而且，我們雖然分居，我們還有朋友的關係。我們彼此瞭解，也都很自由。」她強笑着說，希望也可以看到伯克太太的一絲笑容。然而很令她失望，伯克太太的臉更加凜然。伯克太太似乎是那種一絲不苟的正人君子，每星期天都進教堂去禱告的那號人物。

「那是不一樣的！」伯克太太搖着頭說：「分居的父母沒法子不在兒女的心中留下深刻的傷痕！」

她又不能自制地把目光投注在伯克太太額間的那條溝紋上。有一次多尼提到了伯克太太的這一條標記，他說：「好可怕！那條溝，好可怕！」她笑着說伯克太太像不像一個巫婆，把有毒的蘋果送給白雪公主的那一個巫婆。多尼的眼睛忽然亮了。「媽媽！」他大叫大嚷地說：「你怎麼知道我心裏的話？那正是我心裏想的！」

「可憐的多尼！」伯克太太說：「這種情形，別人也無能爲力。責任是你們的！」

她自覺她的心往下沉，怒火卻往上升。責任！責任！責任！我挽得住弗來德嗎？八年來弗來德像一個父親似地哄她、管她、敎她。一離開香港，她似乎什麼能力都失去了。她英語說不流利，她不會開車，她沒有學好做一頓像樣的中餐或西餐，她連整理房舍都不知道從何處着手。可是她有弗來德。弗來德在的時候，一切都可順理成章。然而弗來德那麼好脾氣的一個人，竟然也會厭了這種父親似的生活。他居然要分居！當時她想：她只有死路一條。獨自一個人在舉目無親的異國，她有什麼力量活下去？可是一想到母親，她似乎又恢復了點力量。母親好像是她勇氣的源泉。一想起母親的堅忍，她就自覺應該把眼淚吞進肚裏去，她要咬一咬牙像母親似地把弗來德拋到九霄雲外。我得要你看，我有本事獨自把多尼養大，我不准你再來碰我的兒子！

不幸，她畢竟不是母親，她竟硬不起來！多尼需要弗來德，弗來德也需要多尼。那麼她呢？她是多餘的了。於是她又想到了死。死是最容易解決問題的辦法。如果她因此死了，弗來德會痛悔一輩子！但更重要的是她可以由這種假想獲得一種滿足——一種辛辣的滿足。她實在並不願使弗來德痛苦。她自覺她愛弗來德愛得從不會這般強烈。她所假想的弗來德的任何感覺，無不在她身上產生劇烈的反響。弗來德的痛苦會像刀似地切進她自己的心中。正因爲如此，正因爲她這種因此而深深地體驗到的痛苦，才使她仍然感覺到尙有幾分自我的存在。雖然是一種痛楚的存在，好似也強過痲木不仁，因此反倒可以說是一種快樂了。

「在他這種年紀，這麼心神不定，眞叫人擔心。」伯克太太鎭靜地說：「可是千萬不要因此給他吃什麼鎭定劑一類的藥物。」

她很冷靜地吞下了十一顆她用了心機積存下來的安眠藥片。在神智恍惚中，正深深地體驗到心中爲預想到弗來德的痛苦而感到的那種切膚的絞痛，也就是她所預料的那種自虐的快感。她竟絕無悔意。

「每天晚上應該讓他在家裏唸唸書。唸這一本就好。」伯克太太說着把手下的一本書朝她推過來。

她又甦醒了。不是在家裏她自己的床上，而是在醫院裏。她睜開眼來的時候，就看見弗來德坐在她對面。正盯視着她的臉。她感到全身疲軟無力，喉嚨和鼻孔火焚似的疼，原來有兩條塑膠管從她的鼻孔裏通進去。

「醫生說已沒有什麼大礙。休息一陣子，明天就可以回家。多尼在我那裏，過兩天你再來接他回去。」弗來德冷冷地說。

「弗……弗……」她想說話，可是竟一個字也說不出來。

「現在別說什麼，」弗來德已站起身來，「明天我到家裏去看你。」

她想大哭、痛哭。她忽然覺得一切眞的都完了，連死也是沒有什麼意義的。弗來德竟出乎她意料之外地無動於衷。他再來的時候，她已躺在家裏自己的床上，仍覺得頭脹喉澀。

「你不要以爲你的尋死覓活就可以改變我們的關係！」弗來德冷靜地直視着她的眼睛，使她忽然覺得他竟是一個非常非常陌生的人。「我總以爲我可以幫助你，使你自已面對生活。你自已！懂嗎？不是經過別人的感覺，而是你自已，用你自已的精力，爲你自已而活。可是這些年來我失望了，完全失望了，可以說絕望了。你好像並沒有你自已。你不是爲了我生活，就是爲了多尼，你只是別人的一個影子。這是一種負擔！你懂吧？對你自已，對我，都是一個沉重的包袱！我實在不願再繼續背下去。這八九年來，我自覺好像是你的父親，而不是你的丈夫。現在，我忽然覺得我的力量耗盡了。再這樣繼續下去，對你，對我，都沒有什麼好處。我不願說使你傷心的話，可是我必得告訴你，」弗來德輕輕地把一隻手放在她擱在床邊的手背上。她覺得一陣神經性的刺痛，想把手抽開，可是畢竟沒有動。她只是低下眼瞼，盯視着弗來德粗大的手指。有一條暴起的青筋在他的手背上爬着。她忽然想舉起這一隻手來，放到唇邊去吻、去吮、去咬。可是她仍不曾動彈，只聽任那爬着青筋的手壓在她的細白的手背上。「我得告訴你，你不要以爲你做出這樣的事來，我就會可憐你。不！我不會可憐你！我不但不會可憐你，而且開始厭恨你！你……我老老實實地告訴你，You are a bitch！」

她猛然抬起頭來，眼光又落在伯克太太額頭上那條深陷的溝裏。

「我眞不知道還能做些什麼……」伯克太太喃喃地說。

她突然站起身來，嘶啞但卻清晰地說：「你不知道做什麼，難道我就應該知道做什麼？父母的責任是父母的，老師的責任是老師的。去年在強生太太的班裏，他的成績不是這麼壞的。你不要盡把責任推到父母的身上吧！你是不是一個爲自己生活的人？告訴我？告訴我？」

「你說些什麼？」伯克太太瞪大了眼睛，傻楞楞地望着她。「我不懂你的意思！」

「我知道你不喜歡多尼，因爲你根本不懂什麼是生活！你讓多尼難受，因爲你自個心裏就不痛快！你這個人，老實告訴你吧！You are a bitch！」

她看見伯克太太吃驚的臉色。那條溝已深深地陷下去，彷彿把她的臉切作了兩半。她心中有一種說不出來地暢快。她再不等待，就急步奪門而出。她幾乎是小跑地衝了出來。

外面夜色已經籠罩了校前的廣場。有些兒秋風冷颼颼地吹着。她覺得她心跳得很凶，兩手仍是汗涔涔的。她走了沒有幾步，就停下來，環顧這空寂的廣場被青白的街燈映得一片蒼茫。她順勢坐在身旁的一張石凳上，把滑落在額前的一綹髮掠了上去，額前竟也微微地冒着汗。遠處已經有幾顆早現的星星，在氤氳的霧氣中若隱若現。她忽然想起手提包中擱着的那封母親的信，已經兩天了，她還沒有時間打開來看。不！不是沒有時間，而是她不願看那封信。最近她覺得她沒有勇氣面對任何使她聯想起母親那流着無聲的淚和紅煞煞的眼睛的事物。現在她竟打開了皮包，毫不猶豫地把那封信抽了出來。用指尖輕巧地把信封的一端挑開，就露出了她所熟悉的母親在她的舊的作業簿上撕下來的紙張。

「……最近覺得全身痠痛，連骨頭都痛。你們什麼時候來香港？我這輩子恐怕也去不成加拿大了。誰想到這樣的命苦，到老來還看不到孫子。多尼，我天天夢到多尼。我的身體這樣不濟，誰知道還能拖幾年？你們何時來香港？我眞是想念多尼。除了你，除了多尼，我還有什麼別的親人？我從來不希罕自已這條命，我這條命是爲你們活的！……」

我這條命是爲你們活的!!我這條命是爲你們活的!!!

巴達一聲，有一張硬紙片滑落在地上。因爲今早的雨，地下還是濕漉漉的。她俯身撿了起來，原來是母親的一張肖像。兩眼直苟苟地朝前望着，嘴唇緊閉，仍然沒有一絲的笑容。兩頰有點陷落，好像比以前瘦了；特別是眉間的那條溝，彷彿比以前更加明顯、清晰。

她這麼把母親的肖像端詳了好大一會兒，她的右手的中指竟着力地掐在肖像上，指甲就打母親額頭的那條深溝那裏深陷下去，深陷下去，直到洞穿了肖像的硬紙。她的手不自覺地在微微地抖顫。她吃力地掬起母親的肖像，緩慢而堅決地把它撕成了碎片，然後就打她的指縫裏滑落到地下。

地下濕漉漉的。有些低凹處還積了幾灘水。有一隻海鷗在不遠處的水灘間逡巡，大概是從左近的河口飛來的。她猛然站起身來，抖落那些散落在膝腹間的母親的肖像的碎片，驚得那海鷗展翅而起，在廣場上盤旋了一圈，就朝着河口那邊飛去了。

她注視着那海鷗的白色身影，愈飛愈遠，終於消失在夜空中。她緩了一口氣，忽然想到弗來德。她竟覺得她並不愛他，不只是現在，而是她從來就不曾愛過他。

原載一九七八年《現代文學》復刊第三期

沙上的野餐

天是藍的，陽光明亮溫暖，樹葉的翠綠浸染着空氣中的清醇，通天到地水晶球似地清澈無瑕。這時候我便有一種想飛的感覺，伸展雙翼，衝霄而起。也許我可以凫浮在光波裏，渾身裹了彩帶，箭似地直射而去。也許我只是一縷掛在樹蔭下的游絲，無目的地隨風飄動。我也沒有色，也沒有味，也沒有過去，也沒有未來，恒久地佇立在天地間，一縷游絲！便無所謂飛，無所謂動，也無所謂靜止與停滯，因爲我的存在全沒有目的，一縷游絲！

我有太多的冥想，一闔起眼來，山的起伏、水的波蕩，便漾在眼簾上；覆了雪的山巔、披了翠的松林的山巒映在湖的心鏡中。我入夢時卻又把眼睛大大睜開了，看見了風的溫柔、夜的幽謐，我裸着的身體便溶入月光的晶澈中。

喬說把窗戶關起，卻關不住月光。用唇清洗我的罪，我的罪也就更加深切。我沉在湖底的滓泥中，盡力往上提拔。喬有兩隻手，一隻手助我游入清澈，另一隻手拉我入泥中。我就說不清是怨他還是感激他。

喬長我十歲，他三十二，我二十二。我們在夜的雨中相遇，我以爲他只有二十五歲，但他說三十二。他是一個誠實的人，我便覺得他可感，雖說他加深了我的罪。如果我沒有那麼多冥想，我便可以如常人似地安安穩穩地活着。也許有一天我也可以娶妻生子，把種子繼續下去。不幸我的罪是與生俱來的，我自覺沒有權利傳播帶着罪的種子。

我有那麼多年月囚在我的罪室裏，沒有陽光，沒有清新的空氣，我與自我掙扎。我本想我應該自囚至死。可是喬打破了我的囚室，把我從陰暗的積汚中拉了出來。他扳直了我彎曲變形的肢體，他清洗了我積垢的胸懷，然而他卻無能刷除我的罪。我的罪仍在那裏，像癌症患者的癌一天天地滋長，直到有一天我整個的人癌化而逝。所以我總想飛，飛離這個世界、這個體殼，如一陣無愛也無恨的風，逍遙在宇宙間。

可是我畢竟不能無愛無恨，因此終究不能逍遙，便只有躭在冥想中，冥想着宇宙之廣袤、時間之綿延，悚然驚起才覺我的愛恨是如此深切，深切地根植在我的原罪中。

我有時想我已瘋狂，然而畢竟並不是瘋狂，便覺人世之可厭。世人之淸白才使我罪孽深重；如人人有罪，也便無所謂罪孽之有，因此尤感清白之可恨。

天之藍、陽光之明媚溫㬉，使世界如此美好。梅戴一頂女子的帽，看起來如此滑稽。尹也大梅差不多十歲。尹搭一隻手在梅的肩上，顯得異常親密。雷在一角沉默着，像我，咀嚼着他的罪，使他臉色如此的陰暗，也如此的悽苦。梅使人覺得他用了女人的唇脂，因此他的唇那般殷紅。尹的嘴邊刻一條譏諷的笑紋，譏笑世人？還是譏笑他自己？他用手輕揉着梅的臉蛋的時候，梅便咯咯地笑着把他的手擋開。

我想找些話說，卻選擇了沉默，打拖車的小窗口諦視着嬌媚的陽光下的郊野。梅把他的女帽覆在我的頭上，我立刻摘了下來還給他。他又戴上，朝我擠擠眼睛。

我不明白為什麼他如此喜愛白做嫵媚。也許他眞喜女態，也許只是玩世不恭，以此為對世人之反譏。而雷的沉默又使人深覺自囚之可悲。也許我們早應——我們同類的夥伴們早應結翼而起，衝破雲霄。像今天這樣的日子我們便覺得安適，就是沉默也是安適，不再擠迫在淸白的世人的譏誚的目光之下。不過我也並不那麼安適，像我之所期望。我有時會感覺我並不眞正是他們中之一員，我只是一時病魔纏身，病癒後我自會淸白如故，一如我幼年時之無憂無慮。雖然是一種癌症，也不能說絕無病癒之望。然而這種念頭卻又是叫人自疚之源頭。病癒就是一種背叛，背叛了在同一個囚室中的夥伴們——喬、梅、尹、雷，還有很多很多的其他的受苦的夥伴們——一羣無辜地為世人的冷眼所戳傷的受害者。

我不知道今天喬要把我們載到何處。我們的路好像是一程全無目的的奔波，正如我們之生活也是一場無目的之奔波，因此我也並不多麼在乎如何生活，或生活在何處。

尹說些笑話，說他在某些特種酒吧中的遭遇。在繚繞的煙氣中，在迴旋不止的多彩的燈球下，我看見尹像一隻激怒的雄雉，翹尾而立，他嘴旁那條譏誚的紋益發深刻，兩撇八字鬍左右分起，在尖梢上打了兩個圓圓的圈。梅則是一隻多彩的蝶，雙袖款娟，狹狹的坎肩鎖緊了他豐滿的胸。他微仰着頭，廻旋又廻旋，齊肩的髮飄揚在腦後。他的臉一會兒紅，一會兒紫，一會兒藍，一會兒綠。雷頭上長了兩隻角，獨自躲在屋角裏，在人堆的邊緣，躬了身大聲地嘔吐。他每吐一口，就有一隻彩兎打他口中飛墜，然後沿牆急馳，因此之故，酒吧的牆上充滿了各色的彩兎。喬穿了高統皮靴、皮坎肩、皮盔、皮甲，手執皮鞭，獨獨裸着下體。我也看見我，赤條條地懸在牢結在天花板的皮絡中。我的兩手兩足都緊緊地縛在四個亮晶晶的銅環上。喬的皮鞭就一下下地抽上我的光裸的軀體。每一鞭就是一個紅艷艷的鞭痕。我咬緊了牙，品味着這傷痛所帶來的快感，就像幼年時母親的鞭痕。我故意激怒她，就是爲嚐她的鞭笞。每一鞭都深印了母親的愛，正如她所說：「打在兒身，疼在娘心！」我多麼需要母親的愛，也多麼需要母親的鞭。但是父親卻在一旁不知好歹地低低地啜泣，然後用他的手來撫摸我那絡着血絲的傷痕。喬每抽一鞭母親的鞭，就用父親的手來慰撫我的傷痕，每抽一鞭母親的鞭，就用父親的手來慰撫我的傷痕。

這些都似是冥想，然而卻又如此眞實。有時我並不知我身在冥想之中，還是把眞實化作了冥想。

車外忽然飄起了黃霧，綠色的郊野消逝，我們駛上了一條黃土的路。不只我們，還有幾部其他的車子緊緊地尾隨在我們的車後。

其實我已久常地生活在一種霧陣中。藉着霧氣的繚繞，才稍稍弛緩我痛苦的面色。我沒有理由去領取世人的憐憫，何況有時並不是憐憫，而只是鄙視。我多麼猶豫躊躇去面對自己的父母。也許我早該揭下我的面具，直告他們他們的兒子是如何的不肖。擔心失去他們的愛比眞正失去還要難堪，因此不得不久常地戴起一副面具，學常人之嬉笑，模仿常人之惺惺作態，然而內心的悽苦竟無法向生我的父母傾吐。終日忐忑，唯恐他們窺破了我的隱秘，竟如徒行在懸崖之巔之仄徑，滿頭冷汗，手足震抖，然而卻不得不勉力前行，因爲我沒有別的路。

車停下，喬打駕駛臺上爬下來，先爲我們打開拖車的後門，我們魚貫地跳下車去。原來這裏是一處荒瘠的海濱，沒有人家，沒有樹木，四望幾乎沒有任何綠色的影子，只有高低不平的沙丘和散置着的一些粗大的斷木。大概無數年前這裏也曾是一片莽林，然而現在卻只有荒漠的沙灘和霍霍地沖向岸邊的海潮。

其他的幾輛車也陸續地駛到了，分別地跳下不少人來，有的我認識，有的卻素昧平生。大家開始卸下車上的食物，不過是麵包、奶酪、臘腸、火腿、水果之類的東西。尹做了一盆特大號的沙拉，現在他正用雙臂穩穩地抱住。

喬指揮大家把東西搬到 塊由三方斷木圍成的一個U字形的沙地上。放好了東西，一面招呼別的車上下來的人，一面給大家介紹。大家很自然地像俄國人似地去親吻每一個人的唇。我有些不習慣這種親切的方式，就儘量閃避着蒙混過去。

梅摘下他的女帽歡跳着衝向大海。尹也奔去。喬、雷和我，還有其他別的幾個人，去撿些碎木，又用帶來的斧頭在巨大的斷木上砍些木塊下來，就在沙地中心升起一堆火來。在陽光的照耀下，火苗看似淡弱，其實卻甚炙熱。也有人在別處升起了另幾堆火。

喬又劈些尖細的木條，把香腸插在木條的一端，置於火上，另一端插入沙地。大家也都學着他的辦法。不一會兒香腸熟了，沾上芥末和番茄醬，往麵包裏一夾，就是一條熱狗。梅和尹也跑回來製造熱狗。

一個叫做鈴木的日本孩子，我早就認識的，過來坐在我的身旁。我替他做一條熱狗，他就大口吃起來。他一面吃，一面側過臉來低低地問我：「那個人，」他指着喬說：「是誰？」

「他叫喬，在大學裏教物理，是我的老師，我是他的學生。」我不知道為什麼要編這樣的謊話。喬的確是在大學裏教物理的，可是我並不是他的學生。

「噢！」鈴木就低下頭吃他的熱狗。過了一會兒又指着一個問我：「那一個呢？」

「他嗎？他叫梅，是在夜總會裏跳脫衣舞的。」

鈴木的眼睛瞪得好大，失聲叫道：「原來就是他呀！我想我是見過的。坐在他旁邊的那個是不是叫尹？」

「不錯，那就是尹，原來是一個牧師，現在叫教堂給開除了。」

「開除了？」

「還能不開除嗎？教堂裏是容不下我們這種人的。」

鈴木又沉靜了。我去端了一盤沙拉，也給鈴木端了一盤。

過了一會兒鈴木又側過臉來問道：「你不回香港去嗎？」

「香港？」我吃了一驚，好久沒聽人提起這個名字了。「我怎麼知道？不是我不想回去，可是那個社會也是容不下我們這種人的。」

「我也不想再回日本去。」鈴木舔了舔沾了沙拉的嘴唇說：「我眞地不想再回日本去！不想再回日本去。！⋯⋯」

在這麼說着的時候，他停了那隻執着叉子的手，眼光打我的臉上拋入了高空。他的眼光又從高空轉回到我的臉上，但只一瞬就低垂下去，落在那一盤沙拉上，定定的。他突然重重地把手中的盤子往沙地上一頓，激飛起來的沙土紛紛地落在他的沙拉裏。他咬着下唇似乎對我又似乎自語似地說：「天！我怎麼能回去！我怎麼能告訴我的父母這一切！」

我不知道應該對他說什麼。已經有三年多我沒有見過我的父母了。我不能回去，我不能見我的父母，特別是我的母親。我一閉起眼睛，就可以看見我母親肥胖的身體重重地壓到我的身上來，兩手用力地掐住我的脖子。「我掐死你！掐死你！掐死你這個不肖的東西！」

「我掐死你！掐死你！」鈴木說，他的雙手微微地抖着，眼內含着一點淚光直直地望着我。「你不知道我父親是怎麼樣的一個人。要是他知道我……我……他一定會掐死我！我敢說他一定會生生地掐死我！」

我轉過臉去。天是那麼藍，陽光是那麼和美，有幾隻海鷗正翩翩地打我們的頭上飛過。海鷗的翼在陽光中閃着皎白的潔光，穿過天色的純藍自由自在地逍遙翱翔在天地間，似乎全無罣礙。我盡力凝視着這片片白光，雙目俱爲之昏花。我伸出雙臂，着力拍打，卻無能飛起。我依然黏援在這沙地上。

梅突然彈起吉他來，輕輕地唱一支悲涼的歌。因爲他的聲音是那麼瘖啞，無論什麼歌都像窒息的嘶喊；然而梅的聲音這時卻被風撕成碎片。尹忽然大聲說：「噢，天！我一定要回去！我一定要回到教堂裏去！我不相信上帝要趕我出來！那趕我出來的只是一羣對抗上帝的魔鬼！」說着激奮地搖着他的拳頭。大家因此而暴笑起來。

有一個我不認識的傢伙正在啃着一隻青蘋果，忽然站起身來，甩掉了上衣，在火前跳起肚皮舞來。梅的吉他也就突然轉成了伴舞的快弦。大家都拍着手。另一個也開始跳，第三個也加入了行列，第四個，第五個……，我跟鈴木也站起來跳。天在旋轉，陽光在旋轉，沙十紛飛。大家喘着氣，終又一個接一個地坐了囘去。

喬分給每人一隻紙杯，把帶來的冷啤酒注入杯中。喬又兩手一拍，宣佈道：「請大家肅靜，雷要唸一首他的詩給大家聽！」

雷羞羞怯怯地站起來，放下他的酒杯，兩手在牛仔褲上擦拭了又擦拭，打衣袋裏掏出一張紙來，尖削而清朗地唸道：

我的天！
我終日躺在地窖裏
咀嚼着我的憂鬱
但願那不是憂鬱
而是一隻嫩鷄
嫩鷄也不是
而只是憂鬱
發霉的憂鬱！腐爛的憂鬱！發了惡臭的憂鬱！
他媽的，是的的確確真真實實的憂鬱！

有誰知？有誰懂？有誰他媽的關心我們這一堆躺在地窖裏的腐爛了的憂鬱？
拋你的白眼吧！
丟你的紅眼吧！
我們都不怕！
我們終有一天也掐住你們的脖子，讓你嚐嚐什麼才是發了惡臭的憂鬱！

雷唸完了，大家報以熱烈的掌聲。有的過去擁抱他，稱讚他的詩才。失業了三年多的雷，就只能寫幾首歪詩了；然而這一刻他的沉悒的臉卻露出了一線舒展的笑容。梅仍在有一聲無一聲地彈他的吉他。喬遞給我一杯紅酒，悄聲說：「我愛你！」天！我忍不住一抖。這是不可能的！不可能的！我要衝霄而去，像一隻海鷗。對，像一隻海鷗。我不能再是我自己，我已經在陽光下熔化了，化作沙土，化作塵埃，化作透明的空氣。母親，來吧！用你有力的手掐死這不肖的兒子。這個世界不是我的！

我掉轉頭去，卻看見鈴木伏在沙地上發出輕微的鼾聲。他穿了一件白色的短褲，猩紅色的T恤，他的兩腿細長而光潔，他削瘦的兩肩沾滿了沙土，正隨了他的鼾聲有節奏地起伏着。

我慢慢地向大海走去，沙土越來越細，先有些燙脚，但一忽兒就浸了海水的滋潤，滑膩而清爽。海水沖上來的時候已經浸上了我赤裸的雙脚。海風把水花濺在我的臉上。我是不能再見我的父母的了，我只能留在這異國的土地上，像一株失了水分的花，在清風中抖索，在烈日下焦枯。我繼續朝前走去，梅的吉他聲愈來愈弱了，人們的嘻笑聲也愈來愈遠了。卻似乎覺得我的父親遠遠地跟着我。他穿一襲灰不溜丟的舊大衣，光着頭，他的頭頂幾乎全禿了，只有兩叢灰髮在兩鬢聳立着。他的步伐顛簸不穩，時時舉起衣袖去拂拭他的眼睛。可是我並不回頭，一直朝前奔去。陽光在海面上搖曳，像打碎了的玻璃。我脫去了我的T恤，褪下了我的藍布褲，我的赤裸的身體就浸在海水裏，像沐在月色中一樣的清涼。我開始鳧泳，划動我的臂，猛蹬我的雙脚；然而大海是如此的遼濶，我如何能達到彼岸？達到一個可以容身的世界？

我不知我鳧泳了多少時候，我的眼前一陣陣的昏花，四肢愈來愈乏力，海潮雷鳴似地打我的頭上漫過。我的眼前忽然漆黑了起來，但是我仍然可以聽到我自已的心跳，身體下有些濕膩的感覺。我是那麼疲倦，只想沉沉睡去。

到我再睜開眼睛的時候，忽覺四處寂靜得出奇，只有海潮發出一陣陣隆隆的大響，我原來伏在一處荒瘠的沙灘上，雙足浸在海水裏。有一輪圓月高高地懸在空際。我抬起頭來，看見遠處的樹叢邊有一團火光。我就站起身來，朝那團火光走去。

我逐漸走近了火光的時候，才發現火旁坐着一個青年，約莫是我自己的年紀。他像我一樣是赤條條的。他聽見我的足聲，就站了起來。我們相距約莫有三四公尺。我這時看清了他的身材、他的面容。他跟我差不多一樣高矮，一頭挺直的黑髮，棕黃的膚色。他的兩腿修長而有力，胸肌圓實挺起。他的髮在額前向兩邊平分，然後垂到雙肩。他的鼻挺直，嘴唇厚實，下巴尖削，顴骨略形凸出，兩腮的肌肉堅韌地隆起，彷彿久經了咀嚼的鍛鍊。他的眼眶大而細長，眼角伸入垂落的黑髮。他的黑色的眼珠，在月光中閃閃地發出一種銀白的光亮，顯得特別神采。這一副體貌好似久已印在我的心中，竟使我覺得一點兒也不陌生。

我們這麼四目相視，我逐漸發覺他的眼角和嘴角慢慢向兩邊延伸，遂形成一種我從不曾見過的奇異的笑容。這笑容好似是打我自己的心田裏萌發茁長，然後又開花在他的臉上。

我們差不多同時朝彼此走去——啊，喬，對不起！我終於明白過來，我們並不是一路的人！現在是完全不同了。他在額前平分的黑髮，他豐盈的額，額下在月光中閃閃發光的黑晶晶銀亮亮的眼睛逐漸放大。這三公尺的距離竟如穿過了無限的空間，走向一個命定中的交會點——我覺得他的臂環上了我的肩，而我的臂環上了他的，我的胸和腹貼上了一種湄柔的物體，像泅鳧在水波上，就在這時我忽覺他的身體慢慢地焦灼起來，不久竟像一團火使我全身蒸騰出熱汗。我開始着力推拒，可是他的身體已緊緊地黏接在我的身體上。我直覺我的身體在逐漸地銷熔，像一隻遇熱的蠟燭，先是彎曲，再就是熔化。

我正想大叫，嗓子裏竟發出一聲嗝然的鳥鳴。我發現我們兩人都已經癱落在沙地上。習習的海風吹過，我們的軀體似乎又凝結起來，這時才覺似有些兒涼意。我伸出雙臂，耳旁卻聽到了撲翼的聲音，原來我已沒有了雙臂，卻有兩隻白色的翅膀。他也正在撲打他的白色的羽翼。

我稍一着力，就振翮而起。他也隨我飛起。在月下我看清了，原來他是一隻海鷗。我們是兩隻海鷗，無拘無束地向海空的深處飛去。

一九七八年一月二十九日於愛夢屯
原載一九八〇年《現代文學》復刊號第十一期

遠帆

范先生倒提了一把濕淋淋的雨傘打外面走進來。他光着頭，頂上已經禿光了，兩邊的鬢角沾了星星的雨滴。他的眼角朝兩頰垂下，然後又陷進額頰之間的皺紋裏。稀稀落落的幾根灰敗的眉毛也順勢倒垂着。隱紅的眼眶裏裹着一雙失神的灰眸。他的嘴唇乾燥而焦黯，微微地翕動着，像是要說些什麼出來，可是竟發不出一點聲息。

范太太焦急地探過身去，一心想聽清楚他在對她說些什麼，竟沒有聲息！眼前只有他禿了頂的頭和沾了雨滴的斑白的鬢角。她越發地朝前探過身去。仍然沒有聲息！只是她更加看清楚了他那一雙裹在隱紅的眼眶中的黯淡的灰目，充注了疲累而無助的神色；還有他那毫無血色的翕動不止的唇，像要對她有所訴說。她心中不免愈加焦急。突然，她不能自制地大聲叫道：「你不能大聲點說嗎？你！」

她的聲音尖銳刺耳，把自己都嚇了一跳。猛一睜眼，黑古隆多，只感到自己心房的跳動，速急得連呼吸都覺得有些窒礙了起來。她趕緊一手壓在心房上，大張了嘴，深深地吸了兩口氣，一時有種異樣的感覺，竟不知置身何處。懵怔了半晌，才意會到自己已不在臺北，不在自己的家中，不在自己所熟悉的跟范先生共睡了幾十年的那一張寬大的眠床上。

在這張軟綿綿的單人床上，她覺得一夜都不曾睡好。現在也不知道已經幾點鐘。因爲遠渡重洋，日夜顚倒，再加上一肚子的心事，一夜就這麼翻來覆去，似睡非睡的。剛才那一幕，倒像是眞的一般。可是她不記得范先生有過這般蒼老的面色。就是他在病院中彌留的時候，瘦得不成人形，也不曾這麼蒼老過。幸而這畢竟是一個夢！現在她清醒了過來，才知道這只是一個夢。他沒有這麼蒼老過，他沒有吃過苦、受過罪，他一生沒有什麼不如意的地方。范太太的心跳逐漸地平靜下來，才聽到在寂靜的黑暗中隱約傳來了急馳而過的車聲；特別是偶爾送來的那種急速的煞車，停止滾動的輪胎吱喇一聲擦過路面，非常刺耳。既然有了車，也許不早了吧？這就在枕頭下摸出腕錶，又從床頭小几上摸到老花眼鏡戴上一看——晶亮的螢光在黑暗中顯得特別醒目——才不過四點一刻。就又閉上眼睛，想再睡他一會兒。不想思潮起伏，一會兒想到女兒，一會兒又想到過世的老伴兒，再也無法入睡。索性打開床頭的小燈，想找點什麼看看。撿起擱在小几上的幾本書一看，竟都是英文的。自已皮包裏倒裝了兩本中文雜誌，預備在飛機上看的，可惜昨晚把皮包擱在客廳裏。現在去拿，又怕驚醒了別人，只好又關了燈閉目養神地躺在那裏。越躺似乎越清醒，不久耳邊就聽到了幾聲鳥鳴。先是極清脆的一聲，像從遙遠的天邊破空而至，裂帛碎瓷般地鑽入耳膜；接下去第二聲，變作了婉轉悠揚的高音，似乎為的是撕破這黎明前的暗空，顯露出大地的顏色。她忽然間竟似站在一池湖水之前，湖水靜止無波，水中的天色罩着一層蒼茫的灰雲，湖邊倒映着蒼鬱的青山——是西湖？還是碧潭？又一聲清越的鳥鳴滴入湖中，激起了一圈漣漪，朝四方擴展開去，化作一片衆鳥的啁啾。忽然一聲嗝然長鳴，嘹亮刺耳，似乎夾帶着一種腥濕的清冷，船要靠岸了！無數的小舟泊在船邊。在褐色的斗笠與花衫之間，堆疊着纍纍的鮮黃色的香蕉。她的臂緊緊地夾在范先生粗實的臂膀中，她第一次聽到木屐踏在剛被一陣清晨的陣雨洗滌過的潮濕的水門汀地面上的那種清切的劈啪聲，連成一片的劈啪聲。一隻海鷗掠過她的頭頂，她一轉臉就迎上范先生徨然的目光。「我們終於到了！」她說。

她突覺有一滴淚珠輕緩地打她的眼角中溢了出來。她提起手背抹去了，同時睜開了眼睛，就見窗簾上已經迸出了曙光。再一看腕錶，已經快要五點半鐘。這就輕輕地披衣下床。猛抬頭，就看到對牆的書架上空蕩蕩的，只零零散散地擺了幾本書。兩年前來的那次，書架上的書原塞得滿滿的，想必是哲民搬出去以後把他的書都帶走了。

范太太輕輕地開了房門。對面就是美珍的臥房，現在仍然靜悄悄的。范太太躡手躡脚地到厠所裏淨了手，就到客廳裏找到皮包，先摸出一枝香菸點着，吸了一口，又抽出那本旅行雜誌。剛想去開沙發旁的立燈，忽然一轉念，就走去輕輕地把落地長窗的窗幃打開。眼前不覺一亮，一個赤紅的火球正在東方冉冉升起，把遠處的海灣染成一片金碧輝煌。幾隻海鳥正在天空盤旋飛舞。

范太太慢呑呑地坐在沙發上，一手夾着香菸，一手把雜誌擱在膝頭，卻不曾打開，只望着這平靜的海灣出神。昨日的疲勞緊張的心情好像漸漸平復過來，自信心一剎那似乎又囘來了一多半。心想也許自已來的尚不爲遲哩，只要好好地先跟美珍談一談，弄清楚來龍去脈，然後再找哲民來好好教訓教訓他，還不是可以大事化小，小事化無。多年的夫妻，孩子都七八歲了，有什麼大不了的過節，動不動就分居離婚？盡跟洋人學這一套還行！不過如何開口，跟美珍引上正題，倒是應該仔細考慮考慮。美珍近來似乎變了，已不像從前那個媽媽說什麼就聽什麼的乖女兒。就說這次跟哲民分居吧，事前一個字兒也沒吐，到了分居以後才寫封信來說婚姻垮了，把人嚇一大跳。趕緊寫封快信來說媽媽這就趕到，看看還有沒有挽囘的餘地。再也沒想到美珍竟馬上囘信說，要是干預她的婚事還是免來。這是什麼話！女兒的婚事媽媽就不能管了嗎？女兒的幸福媽媽就不能關懷了嗎？媽媽是非來不可的！誰想美珍竟變得如此頑固，一封封信都說免來。最後范太太眞要惱了，寫封信來說來看純純總可以了吧？這才算跟女兒見了面。昨天一下飛機，范太太就覺得美珍這兩年好像老了不少，眼角都隱隱地現出了魚尾紋。怪不得美珍笑着說媽媽好年輕。兩人站在一起，不像母女，倒像姐妹。差了二十多歲的姐妹，眞是天知道！

范太太正想心事，忽聽美珍臥房中的鬧鐘鈴鈴地響起來；不過就響了幾聲，已被人按停了。沒過多大一會兒，美珍已經打着呵欠從臥房裏輕輕地走出來。范太太剛想起身說話，美珍已經鑽進澡房去了。過了一會兒，聽見馬桶的抽水聲，見美珍匆匆地打澡房裏走出來。

「媽，怎麼這麼早就起來啦？」一眼看到范太太，美珍問道。

「還說呢，半夜就醒了。恐怕是剛打東方來，日夜顚倒，不習慣。你今天不是不上班嗎？幹麼也這麼早起來？」

「我不上班，純純可要上學。得給她弄早飯，然後還得送她去。」

「天天送？」

「可不是天天送！不過也並不是特別送，我上班的時候順路先送她到學校。」

美珍正這麼說着，純純已在臥房裏媽媽媽媽地叫起來。

「這孩子，平常不知要叫多少次才起得來，今天倒自己醒了。」

正說着，純純已經一手抱着范太太從臺灣帶來的那個碩大的洋娃娃站在臥房門口了。

「純純，趕快去洗臉、穿衣服，吃了飯上學！」美珍一面發着命令，一面就匆匆地到厨房弄早飯去。剛到了厨房，就又轉囘身來問道：

「媽，你早上吃什麼呀？」

「有什麼吃什麼，別爲我張羅！」

「昨晚本來想熬鍋稀飯的，後來一忙又忘了。牛奶，你還是不喝的吧？」

「誰喝那個，怪腥氣的！」

「我給你沖兩個鷄蛋！」

「你別忙我的，先給純純吃了，好讓她上學去。」范太太說着站起來，朝純純走過去道：「來，婆婆陪你去洗臉。洗了臉，穿衣服。」

「婆婆！你今天不走的吧？」純純不放心地問。

「婆婆不走！婆婆還要住些日子呢！來！咱們洗臉去！」范太太說着就拉起純純的手到澡房去了。

幫着純純洗臉的時候，范太太就忍不住想道：「多乖的孩子！美珍、哲民也眞是，也不想想孩子！」

正這麼想着，純純忽然叫起來：「婆婆，我的牙刷呢？」

「牙刷？你自個兒天天用的，還不知在哪兒啊？眞是跟你媽媽小時候兒一模一樣，東西這麼亂丟的！」

剛說到這裏，只聽咕嚨一聲，美珍放下手裏的東西，就打厨房裏衝了過來，拉起純純的手說：「來！快來吃飯！」低着頭，也沒看范太太一眼。范太太臉上訕訕的，不知道自己說錯了什麼話。好在是自己親生的女兒，也沒什麼好怪的。

范太太這就又回到客廳裏，望着窗外的海濱。這時太陽早已高高升起，海水是一片閃光的藍，眞像早年的杭緞，那麼藍裏發光。遠處有幾個白點子，在海面上飄呀飄地，仔細一看，才看淸是幾隻帆船。

「媽！你的鷄蛋沖好啦，來吃吧！」美珍在厨房裏大聲叫著。

范太太到了厨房，美珍正在過道裏忙着給純純穿衣服，一面說：「媽，你吃吧！我去送了純純就回來。」

「純純還沒刷牙呀！」范太太說。

「她自己找不到牙刷，就不刷牙也沒有什麼關係！」美珍這麼說着，自然仍沒有看范太太一眼，就拉着紼純的手走了。

想到美珍小時候，如是放忘了牙刷，范太太是不依的，非得立逼着去找來不可。范太太仍然記得美珍給逼得鼓着兩泡眼淚的模樣。虧了范太太管得緊，美珍才沒有養成一副邋遢的習慣。現在做媽媽的可不行了，一味地寵孩子。小時候不多管教，長大了就來不及了。范太太這麼想着，心中有種說不出來的不舒貼。范太太拿起了一片美珍烤好的麵包，瞥了一眼面前瓷碟裏盛着的一小塊黃澄澄的奶油，一伸手就推開了。只打另一個玻璃罐裏用餐刀挑了一點紅艷艷的草莓醬塗在麵包上。咬了一口，覺得太甜，就趕緊低了頭去喝美珍沖好的鷄蛋。喝了一口，才知道是淡而無味的。怎麼美珍到外國住了幾年，連鷄蛋也不會沖了！這就站起身來到處去找醬油蔴油。幸好這兩樣東西倒還是有的。范太太各滴了幾滴在淡而無味的開水沖鷄蛋裏，這才好歹把早飯吃完。

吃了早飯不知做什麼好，就順手把廚房的幾個碗碟洗了，又自己去梳洗。梳洗完了，美珍還沒有回來。范太太從客廳這頭走到那頭，覺得這間客廳好大。又走回來，忽然一眼瞥見沙發背後的小几上放着一個繡花的圓框子，框子上綳了一塊白蔴布。范太太拿起來一看，見上面是一幅未繡完的海景，有一隻碩大的海鷗在海面上翩飛。抬起頭來，就看到窗外的海灣上也有幾隻鷗鳥正好自在地翱翔着。

美珍回來的時候，范太太正坐在客廳裏望着窗外的海景出神，手中的煙灰已經掛了好長。聽到門一響，范太太才想到菸灰缸裏去彈掉那半截煙灰。

美珍走來坐在正當窗前的那張沙發上，遮去了范太太一部分視線，像一幅矗立在海面上的黑色剪影。

「美珍，你還沒吃早飯呀！」范太太說。

「我不餓！」

「不餓也得多少吃點。這孩子！」

「我眞的不餓。這幾天胃口不好，早上什麼也不想吃。」

范太太心裏琢磨，準是因爲哲民的關係在鬧情緒。心中不免盤算，如何把話頭扯到正題上才不顯得突兀。就又道：「也得注意身體呀！你們小時候，我總教你們吃飯定量定時。在你兄弟姐妹中，就你任性，飢一頓，飽一頓。現在自己做了媽媽的人了，還是這個樣子！」

「媽倒也是老樣子，」美珍好似強擠出一副笑容說：「還是那麼按部就班的！」

「按部就班還不好嗎？」

「我不是說按部就班不好，」美珍說：「只是人天生來不一樣的，有的人喜歡按部就班，有的人喜歡隨意做事，沒法子把人人都弄成一個樣子。」

「也不一定一個樣，總要大家差不多才好。不然一個往東，一個往西，那哪成個體統！」

「爲什麼要體統？」美珍接口道：「人本來生來就是要往東就往東，要往西就往西的。不能說爲了體統，一部分人就必得遷就另一部分人。」

「你看你說的！」范太太不以爲然地道：「你不遷就可得成呀！一家有一家的家風，一國有一國的傳統。你不遷就，連活也活不成的！」

「就是呀！連活也活不成嗎！我哪能不知道這個？我也是在那種環境中長大的。人人口口聲聲地就是家風、傳統、體統，可就是不講什麼才是『人』！這些個誰不知道是爲了有勢力的撐腰，到頭來吃虧的還是弱者。女人就是頭一批壓在這種傳統、體統下邊的受害者。所以女人裹小脚，一裹就是千多年；女人做童養媳、小老婆，一做就是幾千年；女人不但不能走出厨房，連大門也不准出，在美其名爲香閨的監牢裏一關又是數千年！這幾千年中，有一半的人受另外一半人糟蹋、作賤！在這麼漫長的年月中，出了多少個能說會道、有思想、有智慧的大男人，怎麼沒見一個人出來替女人講過半句話！」

「你看你說到哪裏去了！男主外，女主內嘛！這是自古以來的道理，就跟月亮繞着地球轉，地球繞着太陽轉一樣。莫不成要像《鏡花緣》裏的女兒國，女人當家作主，男人去做飯養孩子不成？」

「我並不是說男女分工有什麼不對，但每一個歷史階段有每一個階段的特殊情形。譬如說在漁獵社會、在農業社會，有些工作是粗重的，女人是做不了，爲了共同的生存由男人來做，也沒有什麼不對。這本是爲了求生無可奈何的一種措施，可是男人因此就抓到了統治的權力，以後所有的意識型態和道德標準都變成爲這種男人的權力服務的了，竟似乎成了一種顚撲不破的眞理！現在到了科技發達的工業社會，粗重的工作都由機器來做了，哪裏還有那種原始型男女分工的必要？這時候再來堅持這種爲男權而服務的意識型態和道德標準便變成一種非理性的殘暴行徑！」

「你看，叫你說的這個嚴重法！中國幾千年都過去了，也沒見把女人怎麼樣了！」

「還說沒怎麼樣了！媽，你不要光想你一個人，你只是例外，你自己是千萬人中不能選一的天之驕女。我說的是一般情形。我只說一件事情：中國人的身體爲什麼這麼孱弱？中國人的思想爲什麼這麼僵滯？中國人的心胸爲什麼這麼狹窄？只是爲了吃不飽飯嗎？我看不全是！另外還有一個主要的原因：恐怕是數千年中女人太受壓迫了！沒有身心健康的母親，怎麼會生得下身心健康的孩子來呢？」

范太太低着頭，連連地嚥了好幾口唾沫，才抬起頭來道：「你們這些年輕人呀，一出國門，就先學會了看不起自己，專挑自己的毛病！」

「不是專挑自己的毛病，」美珍分辯道：「不怕不識貨，就怕貨比貨。就因爲到了國外，才有跟人家比的可能。這一比可就慘了！不是說人家沒有缺點，只是說人家有的缺點我們有，人家沒有的缺點我們也有。你不要以爲我說這種話心裏是舒服的！」

范太太怫然道：「光挑自己的缺點有什麼好！叫我看，中國人的身體軟弱也罷，頭腦頑固也罷，中國就是中國！只要是中國人，就硬是比他們外國人強！」

這倒把美珍說得啞口無言了。兩人怔了半天，各自的心中情緒翻騰，並不安定。最後還是范太太先開口說：「美珍，也不是我說你了，你還是那種脾氣，凡事太認眞，太理想化。要知道世界上的事情沒有十全十美的，凡事睜一隻眼、閉一隻眼，也就過去了。」

「媽，還是不要說了吧！」美珍嘆了口氣道：「你知道，我們永遠說不到一塊兒的。我看我還是帶你出去玩玩去！你想看什麼？皇后花園？水族館？還是逛商店？」

范太太略事思索，慢條斯理地說：「昨天剛到，還怪累的，我看還是先在家裏休息休息的好。」一面說，一面又指着窗外道：「你這裏倒有好美的一片風景！上回來是冬天，倒沒有覺得什麼。現在，你看海這個藍，山這個青！還有那些個帆船，雖然看不多麼眞確，敢說不是打魚的。這裏的人也眞夠造孽！可也眞會享受啦！

沒事兒不去進德修業，倒在大海上蕩帆船玩兒！」

「這是個不成體統的地方，所以願意下海的下海，願意上山的上山，誰也不管誰的！」

聽了這句話，范太太就把眼光專注到美珍的臉上，看她臉上一片嚴肅，倒沒有訕笑自己的意思。不知爲什麼，剛出國一天，范太太就覺得自己敏感起來，常常留心去猜度美珍的話中之話。范太太的眼光不意地打美珍的臉上轉落在放在小几上的那個繡花框子上，就又隨口問道：「美珍，你在學繡花呀？」

美珍一轉臉也看到了那個繡花框子，就返身拿了過來，一面端詳着，一面道：「從小就想學這玩藝兒，誰知不是忙着考試，就是忙着結婚、煮飯、生孩子，把時間都給了人家，始終就沒有機會做自己想做的事。」

「現在倒有機會了？」

「可不是！一個人才會有時間，才能想做什麼就做什麼。像這種鳥，」美珍指着繡花框子上的海鷗說：「只有一隻才可以自由自在地飛翔。」

「可是兩個人也有兩個人的好處呢！……」范太太抽出一枝香菸來，打手提包裏摸出打火機來燃着，藉機會想想以下的話該怎麼個說法。抽了一口菸，才又徐徐地道：「平常不覺得，有困難的時候才知道有個伴兒的好處。就像我跟你爸爸，在大陸上把一切都丟光了，那年在基隆一下船眞是舉目無親，四顧茫然，要不是兩人彼此有個依靠，日子眞不知道怎麼過呢！」

美珍拔下繡針，開始一針針地繡她的海景，一面接口說：「你是說爸爸多虧了你是不是？」

范太太怔了一下道：「也不是那麼說。夫妻倆應該彼此扶助。你爸爸在世的時候也幫了我不少忙。」

「可是你不是總說爸爸多虧了你嗎？」

「說是這麼說。我跟你爸爸一向是和和睦睦的。」范太太沉吟了一下又說：「事實上，一結了婚，夫妻倆就成了一個人，還分什麼彼此！」

「你眞以爲夫妻倆會成了一個人？而不是一個人把另一個生生地壓下去？或是其中一個心甘情願地投降，再也不去管個人的發展和生長？」

「個人的生長？」

「我是說就像菊花長成一棵菊花，水仙長成一株水仙。在現在這種婚姻制度下，有沒有把菊花和水仙種在一起仍然還可以保持各自的本像？」

「這……」范太太猶豫了半晌，終於吃吃地說：「我倒沒有想過。我只想，你爸爸一生沒有經過什麼波折，沒有受過什麼罪，最後也那麼靜靜地去了。我想他就是那樣的一個人。」

美珍撇一撇嘴說：「如果換一種情形，爸爸會不會成爲另外的一種人？」

「換一種什麼情形？」

「譬如說你們離了婚……」

范太太覺得腦中轟地一聲響，兩眼緊緊地盯着美珍的臉；可是美珍低着頭，並不看她，只一針針地繡她的海景。

「這哪是可能的呢！」過了半天范太太才吐出這麼一句話來。

「爸爸生前，有一年我回家，」美珍手中一針針着力地扎下去，嘴裏卻慢條斯理地說：「有一天你們都不在，只有爸爸跟我。他喝了幾杯酒，就叫我也陪他喝一點。我說我不喝酒，倒可以陪他吃些花生米。他一面喝酒，一面對我說：『美珍呀，見你一次也不容易，爸爸也不知道能再活幾年，也不知道下次你什麼時候再回國。我問你一個問題，你可要老實地回答我。』」

「什麼問題？」范太太急切地問。

「我也是這麼問他。」美珍道：「他說：『你是不是覺得爸爸這一生白活了？』我當時聽了爸爸這種話，覺得好奇怪，自然不能回答什麼，就說我不知道。爸爸就說：『我知道我一生也沒有做過什麼有用的事。你們兄弟姐妹也沒有誰把你這個爸爸放到眼裏過。老三不是說過嗎？只要把媽媽巴結好，要什麼有什麼，爸爸沒關係！』聽了他這種話，我心裏覺得好難過。我們大家都太忽略了爸爸了。我就趕緊說：『爸！你別聽老三瞎說！老三說話一向是有口無心的。』爸嘆了一口氣說：『這也沒什麼關係！我只覺得我這一生爲人太軟弱了，事事都聽人家的，受人家的擺佈，久而久之，連我自個兒也覺得有沒有我這個人沒有多大關係了。那次我一氣到了高雄，說什麼是不應該再回來的。可是終是太弱，拗不過你媽。其實我哪裏全沒野心，我本來也想做點自家想做的事，可是有你一個這麼能幹的媽，她處處想的都比我周到，做的又比我正確，哪裏還有我的機會？這一生，只有叫我覺得多虧了你媽。我現在才體會到那句古話、如入寶山，空手而歸！歲月是不饒人的，現在做什麼都太晚了！』他說。」

范太太半張着口楞在那裏。美珍的話變成了一團霧，把她緊緊地包裹起來。過去的生活好像忽然間發生了曲射的作用，自己心中原來一些穩定不移的影子竟都曲曲折折歪歪扭扭地動搖起來。范太太好像第一次對過去的生活起了點疑心：自己是否眞正給過世的老伴兒帶來了幸福？要是沒有自己，范先生眞的就會無以自處嗎？這些問題似乎是第一次滋生，又似乎早已積壓在自己的心底，只是自己從不肯也不敢面對這樣的現實。直到聽了美珍這一番話，這樣的疑問才如此苦澀地遲遲疑疑地浮現了出來。

一抬眼，面前的光影竟像被一陣冷雨沖刷而去，卻看見范先生倒提了一把濕淋淋的雨傘打外面走進來。他半着頭，頂上已禿光了，兩邊的鬢角沾了星星的雨滴。他的眼角朝兩邊垂下，然後又陷進額頰之間的皺紋裏。稀稀落落的幾根灰敗的眉毛也順勢倒垂着。隱紅的眼眶裏裹着一雙失神的灰眸。什麼時候，他竟變成了這副模樣？當年他原是豐盈的，精神飽滿的，雖不英挺，卻也結實。什麼時候他竟變成了這副模樣？他拿那失神的眼睛怔怔地望着她，沒有喜，沒有哀，沒有任何表情，就那麼直勾勾地望着她。

范太太吃力地把頭擺向一邊，她要擺脫這一副幻影。這不是眞實的，這只是一個夢境，這只是她的幻想，啊，幻想！

美珍放下手中的繡框，站起身來，走到窗邊瞭望窗外的海景。

「你父親眞說過這樣的話？」范太太終於提了一口氣問。

「當然！」美珍肯定地答道。慢慢地轉過身來，她的臉就被室內室外不同的光線分作了陰陽兩面。范太太覺得美珍映着海光的那隻眼睛裏似乎有一團白熱的火球正在朝外噴射着森寒的火雰。「他這麼說過的！」美珍繼續肯定地說：「也許我不應該把這些話告訴你。有幾個人是願意聽實話的？可是我終於還是說了出來，因爲這些年來在國外我沒有學到旁的，倒學會了一件事：面對現實！我們這個古老的文化太喜歡製造假象了，就是在一家人彼此之間也不能眞誠相待！不但對別人說假話，甚至也用同樣的假話來欺騙自己。媽，你知道我跟哲民的關係，要是還在國內，我想是不會分開的，因爲只要彼此說點謊話，也就敷衍過去了。人生還不就是那麼幾十年？一晃也就過去了。只要彼此遷就遷就，不就成了嗎？現在我的看法是完全兩樣了。就因爲人生只有那麼短短的幾十年，幾十年一過，追悔莫及，所以一分一秒都是極可貴的。爲什麼要把這寶貴的光陰化在彼此遷就上？爲什麼把寶貴的生命浪擲在維持一種虛僞的關係上？」

美珍爽然轉同身來，直覷着范太太這麼問。這麼凌厲的眼光，對范太太而言，好像不再是她所熟悉的乖女兒，而是一個完全陌生的人！范太太受不住這樣的逼視，不自主地掉開眼光去看窗外的海景，因此就又看見了幾隻海鷗翩翩地向遠方飛去。

「所以說……」美珍猶豫地低下眼瞼，注視着自己交握在身前的兩手，但隨即猛然地抬起頭來，低啞但卻淸晰地對范太太說：「媽！希望你別來管哲民跟我的事，好嗎？」

范太太從窗外掉同眼光，在美珍的臉上一飛而過，落在自己的手指上。上飛機以前才修過指甲，不知爲什麼染得好好的蔻丹，竟有好幾處脫落了光鮮的色澤，露出斑斑點點的肉紅，看着叫人膩心。

「我……」范太太吞吞吐吐地說：「我當然不會管你們的事。我是來看純純的。真的，只是爲了看純純來的。」

「那就好！」美珍淡然地說。

范太太忽覺得眼前模糊起來。她似乎又看見范先生大去時躺在醫院病床上的模樣。才病了一個月，雙頰已經完全陷下去，瘦得不成人形。但他仍然掙扎着微微睜開眼睛，搜尋着她的面孔。等到他一看清了她，就斷斷續續地唏噓道：「我這一生多虧了你呀，多虧了你！要是沒有你，我還不知流落到什麼光景了！」

范太太掏出手帕，拭了拭眼角的濕潤。

「我忽然想到你父親的一生，」范太太嘆口氣說：「我到底對他有什麼幫助？也許沒有我，他活得更好些，也說不定呢！」

美珍帶點迷惑的表情望着她的母親。范太太只張着一雙柔和的眼睛看定了她。美珍就慢慢地走過去，走到范太太身前，蹲下身去，把兩隻手都放在范太太合握着手帕的那一雙手上，非常溫婉地說：「媽，是不是因爲我告訴了你爸爸生前對我說的那些話，才使你這麼想的？」

「也許是，也許不是……」撐着撐着，一滴眼淚撲答一下就落在了美珍的手背上。范太太急忙掙脫了美珍的手，搁起手帕重重地揉了揉兩眼，理了理衣服，挺了挺腰板，才又慢吞吞地道：「我忽然覺得好像這個念頭老早就在我的心中，只是深深地鎖在那裏，卻始終不願意去動。你的話不過是偶然中打開了那把鎖，使我忽然間似乎弄清了這個念頭。也許，人生本有許多可行之道，只因走上了一條，就失去了所有別的可能的機會。」

「那也是沒法子的事。」美珍嘆息地說。

范太太抬起眼來，又看見窗外那幾點白色的帆影仍在遠處的大海上飄蕩着。在這麼晴朗的碧空下，顯得似幻又眞。

一九八〇年五月二十四日改寫於英倫

原載一九八〇年《現代文學》復刊第十二期

教父

雪溶盡的時候，仲賢又回到了那個睽違了一年多的小城。

由於最近幾年發現了石油，小城日益膨脹着。但暴發的貲財尚不曾完全改換了小城原來寒傖的舊貌，斑剝簡陋的老屋仍到處可見。只有在市中心新起了幾幢摩天大樓，都有二十層以上的高度，新穎華麗得耀目，倒使人覺得夢樣的奇詭，不免產生一種迷失的感覺。

小城在改變中，但使仲賢更爲吃驚的是秀英剛剛誕生不足一月的嬰兒。

秀英眞是那麼一個沒有計畫、沒有心數的女人，已經有兩個孩子，還不夠嗎？

秀英眞是一個沒有心計的女人，他幸而離

開了她。不過雖是離開了兩年了，因爲兩個孩子的關係仍不免藕斷絲連，到現在還沒有辦清離婚的手續。按照法律，秀英仍是仲賢的妻子，而秀英竟又生了一個嬰兒！不是他的嬰兒！

他一進門時就從秀英的臉上看到了這種不平常的事件。秀英在憔悴中透出一種煥發的光彩，只有在深深地沉在愛情中的人才有的那種光彩。在她把嬰兒抱給他看的時候，她的臂震震地抖着；然而在她的臉上卻沒有任何驚駭愧疚的神色。

「你看，他多麼漂亮，多麼可愛，多麼漂亮……」她喃喃地一遍遍地說着同一句話。他微微俯下身去，就看清了那個有着稀疏的茸茸的黃髮的嬰兒正瞪着一雙灰藍的大眼茫然地望着他。這一瞬間他不知他的口腔裏流動着的是酸，是苦，還是難以控馭的辛辣的怒火。噢！一個嬰兒，一個跟他們的兩個孩子那麼不同的嬰兒！

他直起腰來。秀英就抬起眼來望着他，等他的批評、呵責、還是安慰？她的無辜的眼光叫人又氣又憐。她不管做了什麼事都自覺是無辜的，好一個沒有心計的女人！她就在這種自以爲無辜中過着她的生活。她可以熱辣辣地愛，全不管後果如何。她仍然像一個孩子。一個有了三個孩子的人仍然像一個孩子。他不能忍受這樣的一個女子。可是他又怎能呵責？

她低下頭去對嬰兒微笑。他的眼光跟着她的又投注在嬰兒的臉上：短短的鼻子、薄薄的嘴唇、膚色白淨無瑕。

「孩子的父親是……」他忽然吐出這麼一句話來。

「父親？」她茫然地抬起眼來。

他咬了咬牙，強嚥下衝上來的那口氣。

「我是說孩子的父親！孩子總有一個父親的吧？你總不會糊塗到不知父親是誰的吧？」

她的臉突地脹紅了，吃吃地說：「你是說孩子的父親？當然我知道孩子的父親。我當然知道。」說着她走到屋角，在一張小几上拿起了一頂毛線織的帽，帽下是一封封好的信。「你看，這就是給他的信，告訴他嬰兒已經出生了。還有這帽子，也是我織的，給他織的，可以滑雪的時候戴。」

他並不去接那頂帽子和那封信，卻注意到那的確是一頂精心織成的帽子，用了四種不同顏色的厚實的毛線織成的。可以想像到一個懷孕的女人，懷着多麼深切的愛情爲體內的嬰兒的父親織成那一頂帽子。但秀英就從來不曾爲他織一頂這樣的帽子，他的確有十足的理由來吃醋捻酸。一想到秀英會把更大的愛情給了別人，鼻頭便有一種忍耐不住的酸痛。他只能張開嘴深深地吸一口氣來抑止住就要撲簌簌衝出的眼淚。

然而他又有什麼理由來吃醋？來生氣？他們早已分居了，他們早已做出了各自完全自由的決定。在這兩年中，他已經遭遇了四五個不同的女人，不過都沒有達到十分認眞的地步，也沒有惹出像秀英這樣的問題來。

「你想，他會負擔孩子的生活？」他竟問出這樣的問題來，不自主地臉上滾過一陣熱浪。他希望秀英沒有聽到這句話，可是她偏偏又聽到了。

「他？」她搖了搖頭，「我想他不會負擔什麼，孩子不是他要的，是我要的。」

仲賢不解地望着她：「是你要的？」

「不錯，是我要的。」

「你已經有兩個孩子，還不夠？」

「可是兩個孩子都是你的，不是他的。我要一個他的孩子，屬於他的孩子。」

「噢，我明白！」仲賢這麼說的時候，心中好像給人抓了一把一樣的痛楚。他多麼希望有一個女人也這麼傾心於他，不顧在任何情況之下生一個屬於他的孩子。這不是一種虛榮，而是一種切身的需要，需要被寵溺、被嬌慣、被崇拜、被一個女人全心全意溺愛着的那種感情。多麼強烈的感情！

「你明白就好。」秀英說。

他背轉臉去，故意打了個響亮的噴嚏，把眼淚鼻涕都迸了出來。他一直覺得他和秀英間還有些微妙的關係，直到此時聽了秀英的話，他才知道他們的關係眞正完了。他對嬰兒的不知名的父親覺得又妬又羨。一個女人不管在什麼樣的情況下，竟要一個屬於他的孩子！甚至於不要他負任何責任！多麼幸運的男人！而他所遭遇到的女人，一個一個都是時時地在掛念着自己；甚至於連秀英都沒有為他這麼慷慨地捨過身。他竟是這樣的一個沒有價值的人嗎？幼年的時候，媽媽寵的是弟弟，不是他！爸爸寵的是妹妹，也不是他！他是長子，人人都要他負起責任來，可是他也多麼需要一種不計實利，不問責任的寵愛，無條件的愛。只有在這種情形下，他才能感到他是一個有價值的人，值得活下去的人；不然，他又能有什麼更大的目的值得生活在這個世界上？

秀英放下了手中的嬰兒，走過來攙起他的臂柔聲地說：「仲賢，我怕又傷了你的心。」

「傷心？」他彷彿毫不在乎地笑了一聲：「我才不會傷心了呢！」

「那就好！」秀英淡然地說。

「秀英，我不願多嘴，這是你的事，」仲賢遲疑地說：「可是我必得告訴你，扶養一個孩子不是件容易的事。你有沒有考慮過這個問題？」

「我沒考慮過！」秀英坦白地說：「我只能說我覺得有了這個孩子十分幸福。」稍停，她又說：「你也許可以在這裏找到一份工作。」

「我？」仲賢飛快地搖着頭：「我不想留在這裏！」

「可是你……」秀英受驚似地瞪大了眼睛：「你本來說是要留下來的。」

「現在不同了。」

「有什麼不同？」

「你又有了一個孩子！」

「孩子可以算我們倆的。算你的也好，要是你願意。」

他冷笑了一聲：「我沒有那個福氣！」

秀英低下頭去，淚撲達撲達地落在她自己的手背上。

他就走出門去。他還沒有看到他自己的孩子，他們都在學校裏還沒有回來，但是他卻意外地看到了一個不屬於他的嬰兒。他的心竟因此又痛楚起來。過去已平復的傷痕，又綻裂了開來。要是他的父母知道了，他們會做何感想？他們那裏容得下這麼一個外姓異族的離奇的出奇的嬰兒？他們一定要迫着自己趕緊地跟秀英辦清了離婚的手續，甚至於他自己的那兩個孩子也要打秀英的手裏奪出來。他們一定也要對秀英說些難聽的話，要是他們有這種方便，他們會毫不遲疑地叫秀英吃些苦頭；最好使她不再存在在這個世界上。這麼一個喪德敗俗的女人！

然而秀英竟坦然地自覺是一個無辜的人！那麼受苦的就該是他自己了。他是被愛所遺棄了的，爲人所輕視的那種毫無價值的男人，不但沒有能力去贏得一個女人的傾心相與，甚至於無能保住自己的女人！

自己的？他又有什麼自己的女人？秀英就從來不曾爲他織過一頂那種四色線的

雪帽。他可以對嬰兒的父親嫉妒得要死，然而就是眞正死了，也並不能換回他自己的價値。他是爲了價値而活着的嗎？

這麼想着，仲賢就走上了那條穿城而過的小河的河岸。積雪的溶漿使河水漲高了不少。岸邊被雪覆蓋了一個漫長的冬季的枯草還不見一點兒綠意，倒是河岸的柳樹上已經吐出了鵝黃的嫩芽。他就依着一棵樹坐在那裏，讓穿過柳枝的陽光直接曝晒在他的臉上。

他可以明明白白地感到他的痛楚從心房那裏一寸一寸地朝上蔓延，進入他的胸腔、頸項、口腔、鼻孔、眼窩，直達頭頂。在痛楚蔓延的時候，他肌膚彷彿也一寸一寸地腐爛、離析。他自己竟十分明確地意識到自身已像一架脫肌的骷髏矗立在那裏，任清風颼颼地穿過他的骨縫，洗滌着他的空無一物的五臟六腑。他自覺他已失去了他的體骸，已經不再存在在這個世界上。痛苦已把他生生地扼死在這裏。也許不是眞正的死亡，而只是重歸於黑暗，歸於降生前衣包的濕膩的液體中。在那種原始的混沌中，他便沒有自覺、沒有是非、沒有慾念、沒有刻骨銘心的情與恨。然而一切卻又在滋長着，滋長了知覺，滋長了慾念，滋長了情與恨。他突見光明的時候，便命定了要接受這一切不幸、這一切痛苦。如是沒有這樣的不幸與痛苦，也便沒有他的生命。他能抱怨生命嗎？他能詛咒生命嗎？

他睜開眼來，夕陽已經卓在禿兀的叢林的樹梢上。河水閃着一片金光汨汨地流去，似乎全不理會他的幸與不幸。如果他這麼滑落下去，滑落到河心，隨流水而逝，他也就與天地一體了。

過了一日，仲賢終於租定了一間房子，決定要留在這個小城裏。連他自己都覺得奇怪，他竟自願地留在秀英的身旁。在秀英的家裏，那頂織好的四色帽，還有那封信，依然擺在屋角的小几上不曾寄出。

到了秋天，嬰兒已經六個月大了，會跳會笑，甚至於呀呀地對他叫着爸爸。他就把嬰兒從秀英的懷抱裏接過來，擱在自己的膝上，又摟在胸前，便聞到嬰兒特有的那種乳香，好像對自己的孩子所經驗過的那樣。

「孩子就要受洗了。」秀英說。

「啊！眞的？」仲賢接口說：「什麼時候？」

「就是下個禮拜日。」

「有沒有選好孩子的教父？」

「當然選好了。」秀英神秘地睞着眼睛。

「是誰？誰？」仲賢迫不及待地問道。

秀英走過來，在仲賢的耳旁喃喃地道：「就是你啦！」

「我？」仲賢又吃驚又好像早已料到似地這麼呼叫起來。

「你！除了你還有誰可以做孩子的教父呢？」

仲賢低下眼去細看那孩子，金黃的乳髮，灰藍的大眼，短短的鼻，薄薄的嘴唇，潔白的膚色。這一切都是那麼奇異，奇異得喚起過他無限隱痛的形貌，忽然間變得親切溫柔起來。他已經走出了痛苦，走出了他的我，他不再是秀英的前夫，他只是嬰兒的教父。是，他只是嬰兒的教父。以這種名義，他要幫助秀英把嬰兒扶養長大。沒有他的幫助，他知道秀英是無力做到的。他這麼做，他自覺不是出於慷慨的天性，也不是出於對秀英的愛，而只是爲了愛他自己。因爲他忽然了悟到他所以沒有從別人那裏得到他所期望的愛，實在是因爲他不曾愛過自己，他一向把自己看得太不足道了。

一九七八年五月十五日於溫哥華城

原載一九七八年七月十四日《聯合副刊》

尋夢者

從律師事務所裏走出來，猛然看到一街嬌美的陽光和熙熙攘攘的行人，竟好似置身於一個陌生的世界——一個不再屬於自己的世界。

她深深地吸了一口氣，整一整衣襟，就沿着那條滿植了正在盛開的櫻花樹的大街走下去。四月的微風吹動路旁的櫻花樹，幾片落瓣在清冷的空氣中飛舞。不遠處已望見一抹湛藍的海灣，點綴着各色的帆船，在明媚的嬌陽下，顏色顯得分外豔麗，線條顯得特別分明，竟如幻覺中的一幅透明得出奇的圖畫。不錯，只是一幅圖畫而已！這個世界原只是一副表象，不管多麼眞切的事物，到頭來還不都是一場空？在律師冷峻的眼光下，她舉起筆來在離婚同意書上簽下她的名字的那一刻，三年的共同生活就這麼一筆勾消了。是，一筆勾消了！然而，又哪能這般輕易地勾消了？只要一伸手，她似乎仍能觸及他多毛的胸和腿，她仍能感到他臂彎裏的溫熱，他原是她生活中極眞實貼己的一部分。現在呢？現在她只能打她自家眞實的生活裏飛出去，從這個現實的世界裏飛出去，去追尋另一個夢境——一個也許是她永遠無法實現的夢境。

不錯，她不過是一個從一個夢境到另一個夢境的尋夢者。這些年來，她遇到了這麼多她自以爲愛上了的男人，到頭來只是一個接一個破碎了的夢。

這是最久的一次——三年！三年有一千多個夜呢！在這一千多個夜中，夜夜她都睡在他的身旁。她已慣於聽他的鼾聲，感覺他的體熱，聞他特有的那股氣味。在夜的黑暗的羽翼下，當他熟睡的時刻，她卻睜大了眼睛，仔細地注視他朦朧黯淡的輪廓。漸漸地分淸了他鼻翼和下頷的線條。她伸手輕輕地觸摸他的額角，寬闊而平滑。她的食指便沿着他的鼻樑順勢而下，立刻就觸及到他柔軟的唇。她的手指在他的唇間上下左右不停地摩娑，便有一種濕膩的溫熱傳入她的體中。她便忍不住俯身吻在他的唇上。他在熟睡中囈囈唔唔地側轉身去，避開了她的撩撥。然而她仍可撫摸他的背、他的鬈曲虬結的髮。他的鬈髮沒有父親的直髮那種綢滑的感覺，父親的黑髮攤在枕上的時候，她總忍不住伸手去抓，在指縫間感到一種綢似的輕柔。把父親擾醒了，他便一把握住她的小手，湊到嘴唇上，一個一個地吻遍她五個纖細的手指。有時吻得她咯咯地笑個不了，但多半她卻閉上眼睛細細地體味父親唇間的那股溫熱。

她一觸接到他的唇，便產生一種無法隱忍的慾望。她卻從不曾動過父親的唇，除非父親自動地把她的手指舉到唇間去親吻。在夏季露營時，她跟父親睡在同一個帳篷裏。湖邊的潮濕的冷空氣常使她一早就清醒過來。樹林中的小鳥開始啁啾，偶爾有一兩聲貓頭鷹的淒清的幽泣，會叫她起一身寒慄。她睜開眼來，見帳篷中仍是一片幽黯的夜色。她先側耳傾聽來自林間湖上的種種聲息，身體便不由自主地向父親靠去。不久，父親的輪廓在她的凝注下逐漸地浮現了出來。藉着黎明的微曦，她探身而起，仔細地端詳父親的睡臉，廣闊的額，兩眼形成兩個半彎的弧線，睫毛在父親均勻的呼吸中輕微地顫動。挺直的鼻下有一撇黑越越的小鬍子。鬍子下是他的唇，飽滿而柔膩。她覺得父親實在是一個漂亮的男人。她這麼注視着，不久就覺得眼目中充滿了濕潤，而淚水竟無聲地流溢了出來。她於是悄悄地爬起身來，披了她的厚外套，獨自到湖邊去。湖水靜得像一面鏡子，有一半被黑越越的林木的倒影遮蔽着，另一半反照着晨曦初露的魚白的天空。她靜靜地坐在那裏，心中一片空寂。偶然有一兩隻鳥雀波波地飛過。天地間好像只有她一個人似地那麼孤單。但不久太陽昇起，天就藍了，樹就綠了，雲霞有蛋清的，有橙紅的，有金黃的，湖中立刻充滿了喧鬧的顏色。早起垂鈞的人也三三兩兩地來到湖岸。忽然有一雙臂繞過了她的肩，一回頭，原來是父親。返身摟緊了父親的身體，悄聲地說：「父親，我愛你！如果母親不愛你，我卻是愛你的！」可是她的聲音那麼低微，幾乎是她心中的一種廻響，父親彷彿什麼也沒有聽到，只扳起她的臉來，輕輕地吻了一下她清冷的臉頰。

他在睡夢中返轉身來的時候，她就忍不住產生那種要撫摸他的口唇的慾望。他的唇像極了父親的。她可從來不曾主動地去撫觸過父親的唇。在晨曦微露的帳篷中探身而起的時候，也許有過這種慾望，不知爲什麼卻不曾動手。當時她實在應該去撫摸一下父親的口唇的，如是做了，就不致有如此的終身大憾。她在夜的朦朧中，瞪大了眼睛，注視他唇的翕動，她的手指又忍不住地撫弄了上去。他在睡夢中發出一聲呻吟，她急忙地讓她的手指滑落在他的胸上——他那長滿了茸茸黑毛的胸部。

父親的胸上也有些黑毛，可是只是稀稀落落的幾根。父親躺在汽艇上，把釣竿遞到她的手裏，就逕自在日光下沉沉地睡去。那時她看到父親胸前的毛中積貯了點點晶瑩的汗珠。父親戴着墨鏡。有一綹黑髮垂下來，沿着墨鏡溜向耳旁。在黑色的髮、黑色的墨鏡、黑色的鬍鬚下，父親的唇被日光曬得鮮豔欲滴。

他們在遼闊的大海上，四望寂然。海水平滑如水晶，他們的汽艇便突出在這一片廣漠浩淼的水晶之上，好像懸在半空中的一般。海龜就在這明鏡般的水面上突然地在這裏那裏地冒出頭來。她並不專心釣魚，卻注目於海天和父親的睡臉。在無窮的靜謐中，她似乎聽到一種婉轉悠微的歌聲自她心中升起，竟使她淚盈眼睫。雖然他們常常終日釣不到一條魚，她卻那麼喜歡跟父親一起度過這一段時光。只有跟父親在一起的時候，她才能夠好好地利用她的五官，感覺到這個世界的眞實性。她來到這個世界上，是因爲父親；她感覺到這個世界的存在，也是因爲父親。只有在這種時候，她才沒有那種夢樣的感覺，她才覺得她實實在在地生存在這個世界裏，雖說這樣的生存帶些兒悽婉的況味兒。

他卻不像父親，他無法使她聯想到月光的清冷或黎明的懵濟。她還清楚地看得見父親躺在帳篷裏，一手墊在頭下，一手夾着一支香煙出神的模樣。月光穿過帳篷氣窗的紗幕清冷地潑在他的臉上。她只能看清父親發亮的額，眼睛卻成了兩個不見底的黑沉沉的洞。父親嘴裏噴出來的清白色的煙氣，在月光中嬝嬝上升，清晰可見。沒抽幾口，父親就咳嗽起來。

「我早該聽醫生的勸告把煙戒掉了，還是多活幾年的好！」父親自言自語地說。過了一會兒，父親轉過臉來望着她說：「你看爸還能再活幾年呢？」

「活很多很多年，你永不會死的！」她一面說着，一面就偎過身去抓住了父親那隻從頭下抽出來的手。她覺得父親的手好涼，就拿來偎在自己的頰上。父親反過掌來，用幾個手指輕輕地撫摸她的頰、她的鼻、她的額。過了半晌，父親輕輕地說：「你就快要長大了，你願不願意跟父親一起住幾年？」

她沒有回答，父親就嘆了口氣說：「我不該問這種問題的，你怎麼捨得離開媽媽呢！」

她抓緊了父親的手，不知道說什麼才好，心中卻暗叫道：「我願意！我願意！我什麼都願意，只要可以使你快樂，使媽媽也快樂！」

這時她偶然抬起眼來，忽然發現父親的眼睛在月光下閃着晶瑩的光芒，而且那閃光的東西悄悄地從父親的眼睛裏溢洩了出來，順着他的鬢角蜿蜒地流下去。他眞不像父親，他從不曾靜默過一分鐘，不是吃，就是說，連在睡夢中都要不停地打着鼾聲。除了他的唇以外，他沒有多少像父親的地方。他胸前有太多的黑毛——太多的黑毛令她心悸。她不能不把注意力又轉移到他的唇部。這樣過了一會兒，她的手指不知不覺地又在撫弄他的口唇了。她先細細地沿着上下唇的周緣把手指慢慢滑過，然後她又把手指移到兩唇之間。在鼾聲中，他呼出的熱氣使她的手心發癢。如此她竟漸漸地亢奮起來，全身忍不住都擠壓過來，手指在無意中也增加了幾分力量，竟因此把他在睡夢中擾醒。他一醒過來就粗暴地一把摟住了她，令她大吃一驚。她竭力抗拒時，他卻吃力地摟緊了她，不容她掙扎，就把癡重的身體覆壓了上去。她想大叫、狂喊，那時大雨傾盆地落下來，沒頭蓋臉地打濕了她的全身。父親拉緊了她的手，在曠涼的沙灘上朝前狂奔，一定要找一個掩蔽的所在。海潮呼嘯着潑上岸來，閃電把天空撕成了兩半。天好像就要塌下來的一般。她喘息，父親也喘息。再這樣狂奔下去，即使不被雷電殛死在這曠野之中，也要力竭而斃了。

萬幸，就在一息尚存的關頭，雨止天霽。父親倚在一棵大樹上，臉色死灰，咳嗽不止。她從沒見過父親這般灰敗的面色，不禁哭叫道：「爸，我不要你死！我不要你死！」

她突感臉上挨了重重的一摑，終於吃力地撐拒開他的身體。在黑暗中只聽到他咻咻地喘氣。她嚶嚶地哭泣起來，不停不歇，直到沉沉睡去。

「這樣的生活簡直如地獄！」他也終於這麼對她說，正如以前那幾個她以為愛上了的男人對她說過的一樣。在律師炯炯地注視下，她握筆的那隻手微微地顫抖。抬起頭來再看他一眼，他卻低垂了眼瞼，咬緊了下唇，彷彿她並沒有坐在他的面前。他已把她排拒在他的生活之外了。

其實誰又曾眞正容納過她？每個人的生活都是一方結結實實的黑漆木匣子，堅硬而冰冷，只能包容一己而絕無他人。父親睡在裏面的時候，便把她完全排拒在他的生活之外、生命之外。她並不相信有所謂永訣，即使沉入黃土中的屍身也仍是一種可以觸摸的肉體，在夢境之中，在生活之外。

她的筆尖差不多要劃到攤在面前的紙上，一霎時卻空懸在那裏，不曾落下去，也不曾提起來，她的心似乎停止了跳動。在這凝定的一刻，她好像穿越了時間的阻障，同時既幼稚又老邁。她可以無限地索求，也可以無限地給予。但是向誰？給誰？然而這許多又有什麼意義？她再抬起頭來，仔細地端詳他的面容：寬闊的額、挺直的鼻、無鬚的豐厚的唇——她的手指撫弄過一千多個夜的唇！她突覺好陌生，就是這唇，竟一點也不像父親的了！

她乖乖地在離婚同意書上簽下了她的名字，三年的共同生活就這麼一筆勾消了！真是又做了一個夢，他只是夢裏的人，並不曾真實地存在過。真正存在過的只是晨曦中湖畔的帳篷裏的那一張安詳的睡臉！

四月的微風吹動櫻花樹，早謝的花瓣便紛紛地落在父親的枕上、落在攤在枕上的黑髮上，也落在飽滿而紅潤的唇邊。

她急速朝前走去，越走越快，好像迎接一次新生命似地那般欣悅與焦急。快得終於使她忽覺從大街上熙攘的行人中飛身而起。她身輕如葉，飄過櫻花樹巔，飄過那一抹湛藍的海灣，遂愈飄愈遠，也不知飄向何處去了。

原載民國七十二年十二月十三日《聯合副刊》

典禮

典禮十點開始。
他到達大學的時候，已經九點半鐘。停好了車，就匆匆地趕到大學書店去取前一個月就已經租好了的禮服。
快一點！不要遲到了吧！早上爲了找一雙皮鞋，就誤了好些時候。
一路上他遇到無數個身穿黑色學士裝的畢業生，他們年輕的臉上無不閃爍着一種似笑又止的興奮光采。有些個簇擁在年長的父母或是同樣年輕的情人和同伴中。到處爆炸着細碎的笑聲。到處是站着說話或是走動着的人羣，特別是從書店通往學生活動中心的那條路上，更形成了一長串洶湧的人潮。

年輕人呵！十年前自己不是也有過這麼一個興奮的日子？那時候好像一切都結束了，一切又都沒有開始。

他取了預訂的禮服，是一襲紫色的絲袍。在前襟和袖口那裏鑲着寬大的藍綢邊，還有一頂像中世紀教士戴的那種頗爲滑稽的圓帽跟一條拖着長尾的藍綢披肩。必得要穿上這個麼？倒像是去演戲的呢！

他到了學生活動中心，見參加畢業典禮的學生們已經列成了好幾排長長的隊伍。有幾個手執名單的大學職員正在查看人們手中的號碼，指點排隊的位置。他就急忙地把那襲絲袍披在身上，又戴上那頂圓帽子，把披肩照租禮服的人員告訴他的樣子小心地折疊好掛在臂上。先掛在左臂上，想一想又換在右臂上，以便在典禮中讓校長爲他披掛在肩上。

時間已經很緊迫，穿戴好了，連找一面鏡子看看自己的模樣的工夫都沒有，就穿過那好幾長列黑色的學士羣，又穿過身披鑲有紅邊或綠邊的黑袍的碩士羣，擠到最前邊跟他着一色的紫袍的博士羣那裏去。比起後邊黑壓壓的一大片來，紫色的這一堆畢竟是小得多了。但在兩千多個畢業生中，也佔了幾十個位子。他一眼瞅見了莫妮克，就側身過去，問她的號碼。

「十五號。你呢？」

「眞巧，我是十六，」他說：「就在你後邊。」

「你看，」莫妮克指着手中的名册說：「今年文科的就只有我們兩個，其他的都是理工法科的。」

他前後一張望，果然一個也不認得。

莫妮克又指給他看遠遠站在門外的雷蒙法官，還有她剛剛結過婚的大女兒加若琳，都是來參加莫妮克的畢業典禮的。

這個粗俗的雷蒙，除了法律外，只有對戶外運動有興趣，什麼文學藝術都是一竅不通的，跟口味高雅表情細緻的莫妮克怎麼能相配呢？可怪的是他們竟也一同生活了幾十年，扶養大了四個兒女，大女兒都已結了婚。莫妮克呢，也終於一拖再拖地寫完了她的論文。

莫妮克雖然一直在激動地笑着，卻使他萌生了一種悽涼的感覺，因爲她的笑容掩飾不了她臉上的倦怠。她額頭和兩頰的皺紋，比起幾年前他們在一起上課的時候，似乎更明顯了。但這應該跟她的論文沒有什麼直接的關係；就是什麼也不做，人也終究會要老去的。

擧起手來，無意識地摸了摸自己的臉頰，他忽然有找一面鏡子來看看自己面色的那種慾望。可是這裏沒有鏡子，他只能低下頭去看披掛在自己身上的那一襲寬大的紫色絲袍。突然，他發現脚下穿着的一雙黃色的皮鞋，非常刺目。規定本是要穿黑色皮鞋的，可是今晨匆忙中他竟找不到他那雙老舊的黑皮鞋，就只好把這雙黃的穿了來。現在才發現別人都是按照規定穿着一式的黑色皮鞋，只有他的兩脚是異樣的，心中便滋生了一種說不出來的懊惱。何以沒有早一點想到這樣的問題？索性去買一雙新的黑皮鞋來？然而現在他必須抗拒這種懊惱的心情，盡力壓服這種失悔的悽楚；不然的話，他就只有扯下身上的絲袍，逃出隊伍，遁開人們的眼光，不參加這樣的典禮了。如今已穿好了禮服，站也站在隊伍裏，即使是穿了這麼一雙醜陋的黃皮鞋，即使是唐突了衆人審美的感受，也只有堅持下去！

他抬眼去看站在活動中心門外來參加典禮的眷屬，心想不知宜鳳來了沒有？她一向有遲到的習慣，雖然早跟她說清楚了典禮是十點開始，可是她能準時到嗎？

這時候傳來幾聲清越的鐘聲，前頭的人們開始移動起來。整個隊伍都要走出活動中心，按照預定的路線，穿過校園，走向臨時改爲禮堂的龐大的體育館。因爲他差不多就在隊伍的最前端，所以馬上就走出了學生活動中心，走下了石階，向校園中走去。

鐘聲繼續奏出一種悅耳的旋律。他吃驚似地看到校園中的風光竟這般異樣的晴麗。天色是一汪無盡的海藍。幾片浮雲的棉白，更增強了天藍色的侵人心魄的力量。剪得短短的綠色草地，一直朝遠方的海邊漫無遮攔地綿延開去，中間只點綴着幾蓬剪成圓錐形的矮松。兩方玫瑰花圃葳蕤地盛開着赤紅、粉白和鵝黃的花朶。溫薰的空氣就像清醇透明的漿液，不可抑止地直注入他的肺腔。鐘聲繼續響着。他從沒有聽過這種由輕重緩急的鐘鍋所組成的這般抑揚有致清脆悅耳的旋律。一時間竟使他覺得好像剛剛穿過了一條澙長陰暗的地道，步入陽光之中，心中充滿了初見光明的歡愉。他忽有一種悠然翔起的感覺，好像自己是一隻鳥，從自己的體殼中破頂而上。一切都不再值得掛懷地向上飄飛，穿過這一汪無盡的海藍，無止境地往上飛去。他收回了飛擲的目光，轉臉去看散在隊伍兩旁搶着拍照的人羣，希望看到宜鳳也在那裏。這時他多麼希望有個親近的人來分享他心中所感到的那種激越的歡快心情。他極盼望可以像隊伍中那些有家人伴隨的同伴一樣，用眼光的流動、唇間微微的笑意，把心中的歡情傳播開去。可是令他失望的是宜鳳不在夾道的人羣中。他幾乎有些失悔沒有邀明霜來參加他的典禮了。如果明霜在這裏，至少就有一個親近的人分享到他的快樂。

怎麼能夠同時邀宜鳳又邀明霜呢？邀宜鳳主要的是因爲這些年的苦澀的生活，宜鳳也是當事人之一。那麼像這樣一個重要的日子，對宜鳳也不能算是毫無意義的。可是她一定又遲到了！換了明霜，也許不會遲到，她卻不一定熱心參加這一類的典禮。就是爲了他的緣故，她也不定願意改變她的習慣。「每人最好都先保有自己，」她常說：「不然不會有任何眞正溝通的可能。」她在入神地做畫的時候，他可以陪在一旁看書，覺得彼此都各得其所。不見她，他也不覺得有什麼特別的懷念。

進入禮堂之後，他坐在前面的幾排椅子上，又抬眼去查看坐在樓上觀禮的眷屬。在那一大片穿了各式各色的鮮亮的服裝的衣海中，他誰也分辨不清楚。他摘下眼鏡來，擦拭了幾次，仍然無濟於事。坐在他身旁的莫妮克，兩手交握放在膝頭，眼睛盯視在台上，神情頗爲專注。他也就安心地靜坐着。在台上和台前的各學院的老教授們，都穿了大紅大紫的各色絲袍，戴着各色各式的帽子，使他有種置身於歌劇院的感覺。

典禮先由頒發兩位皤白頭髮的長者的名譽學位開始。接下去是一篇對兩位長者的褒詞。再接下去就輪到博士們的授銜禮了。突然，他聽到司儀報出了加了頭銜的他的名子，他愣了一陣才站起身來，走到司儀的面前。司儀又把在台上的動作向他重述了一遍，他就等莫妮克走過台中心的時候走上台去。在校長手中接過證書，然後摘下帽子，彎下一腿，讓校長拿起掛在他臂上的披肩套在他的頸上。然而就在他半彎下腿的時候，他心中突然萌生了一種屈辱的感覺，一種無理由的悔恨之情使他立刻挺起身來，差一點撞上了校長的下頷。他飛快地握了一把校長的手，口中呢喃出了一個謝字，幾乎是逃跑似地奔下台去。他覺得他的寬大的袍袖好像兩隻翅膀，使他從台上一下子就飛了下來。

在他以前授過銜的人，有的又坐回原位，有的早就溜了。莫妮克也不見了影子。他也就從側門悄悄地溜了出去，一心想找到宜鳳。他走出體育館時，見一個跟他一樣穿着紫色絲袍的人，正站在台階上跟家人拍照。一手摟着妻子，一手牽一個五、六歲大的孩子，臉上都堆着笑。他側身走過去，一抬頭，恰見宜鳳姍姍地從停車場那邊走過來。她穿了一襲極鮮豔的大花裙，在遠處看來，好像有無數不同顏色的蝴蝶在裙上翩飛。他沒見她穿過這樣的一襲花裙，猜想一定是特爲他的典禮而穿的。她的髮攏向腦後，用一塊與裙同色的花巾包紮着。上身穿的是白紗襯衫。項間掛了那串他送的紅珊瑚項鍊，在她急走時，就向兩邊不停地搖擺。宜鳳看見了他，正加快了脚步走過來。

你不知道典禮已經完了嗎？你現在來做什麼呢？在我極端盼望你的時候，你並不在這裏！

他迎上前去，正在游泳池旁邊迎上了她。

「怎麼，典禮已經完了！」宜鳳疑慮地問。

「我告訴你早上十點！」他說，看了一下錶：「現在是十點三刻！」

「我以爲有兩千多個畢業生的典禮，怎麼一下子就完了呢？」

「有兩千多個畢業生是不錯的，可是我的號碼只是十六號。」

宜鳳啊！這個你早該想到的，我哪能事事都替你打算？

「這個你自己該想到的！」他加了一句。

「我知道又是我的錯！」宜鳳說着就低下頭去，她臉上原來興奮的神采一霎時就消失不見了。「反正我總是時時做錯事的那種人！」

他沒有說話，只把一隻手臂搭在她的肩上，扳了她的肩向海邊走去。他們走到一叢矮松前的時候，宜鳳忽然停住了脚，仰臉對他說：

「抱歉！我是該早一點到的，可是早晨傑夫無論說什麼都不肯一個人到學校去。平常他都是一個人去的，我已經一年多沒有送過他。再過幾個月就整九歲了，已經不能算是小孩子。可是不知道今早是怎麼回事，從吃早飯的時候就什麼都不對勁兒，一會兒說肚子不舒服，一會兒又說脚痛。你知道平常我不是慣孩子的那種人，今天也不知道爲什麼，一想到你的典禮，就好像有什麼地方委屈了傑夫似的。最後還是我把他送到學校去，才來的。」

他沉默着。

「我也知道今天對你是多麼重要的一個日子。」宜鳳又說：「你這些年來日以繼夜的努力，犧牲了家庭，犧牲了孩子，還不就是爲了這麼一日！」

宜鳳啊！你又來說這樣的話了！今天實在應該請明霜而不該請你！

「過去的事何苦再提呢！在應該面對自己的問題的時候，人們總喜歡另外找藉口。」

「什麼藉口？」宜鳳憤憤然地問。

「你總以爲我們的問題都出在我的虛榮心上。唸博士學位是爲了愛慕虛榮，愛慕虛榮是爲了對自己沒有信心。我不能說你的話沒有一點道理。也許我眞是個沒有十分信心的人，得要靠着外在的成就來確定自己。可是這只是道理的一面。」

另一面我能夠告訴你嗎？你能夠毫不受傷害地承擔起這種責任嗎？

「那麼另一面呢？」她不放鬆地問道。

「你眞想知道另一面嗎？」

「爲什麼不？我又不是小孩子！我也許並不是你所想像的那麼軟弱的一個人！」

好！你既自以爲堅強了起來，我又有什麼可以隱晦的？

「好！你既有這種面對現實的勇氣，我不妨就把另一面說出來。我唸學位，也許就是爲了逃避你！」

他看見宜鳳的眼睛一霎時充注了淚光，可是爲了表示她的堅強，她卻咬緊了唇，強抑住了自己的情緒。

「逃避我？我是那麼可怕的一個人嗎？」

「不是因爲你可怕，而是因爲你太不可怕！跟你在一起的時候，我總覺得什麼事情都完成不了。就像爬一張梯子，我每爬上一步，就被你拉下來半步。」

「在你的眼中，那不算可怕又算什麼？可是我不明白，人活着爲什麼要那麼吃力地爬梯子？爲什麼就不可以心平氣和地走在平坦的路上？我只不過要做一個平凡的人、自由的人、不受外來的力量左右的人！跟你在一起，讓我累得緩不過氣來。」

「你想我就不累嗎？我不能在往前跑的時候，拖着一個牛步的人！」

「我是牛步！我是無法像你似地急急地朝前狂奔！可是你想你這種心理正常嗎？你一意地想出人頭地，一意地想超越別人，爲了什麼？爲了可以站在別人的頭上？還是爲了滿足自己的虛榮心？你自己有沒有想過？你這是一種病！」

天哪！我竟生了這種病！

「要這眞是一種病，那也不是我一個人生這種病，生這種病的人可多了！」

「爲什麼要去管別人？我覺得最重要的是先管自己！我只不過想過一種平凡的生活、一種彼此了解彼此關懷的生活。我知道我們的想法是南轅北轍。在你的眼裏，我是個無用的人、沒有野心沒有毅力的人、什麼事都做不成功的人，對不對？我無法天長日久地打你的眼裏看到我自己一副扭曲了的形象，所以我才覺得與其彼此折磨，不如乾脆分手的好！」

宜鳳啊！這正是你堅強的地方，這正是使我由衷佩服的優點！

「宜鳳啊！這正是你堅強的地方！當時要不是你堅決地主張，也許我沒有足夠的勇氣離開傑夫跟你。」

你總記得吧？那天你幾乎是惡毒地驅趕了我。

「你還記得吧？那天你態度那麼決絕，我看是沒有挽回的餘地了，才發狠說：今天我離開這個家門，今生一生一世也不會再回來！聽了我的話，你一點都無動於衷！」

宜鳳背轉臉去，面對着矮松，他不知道她是否在拭淚。過了半晌她才說：「也許又是我錯了！我太軟弱的時候固然會錯，太堅強的時候仍然要錯！我現在才眞正明白，如果你對自己的信心，眞得要靠着這點虛榮心來完成的話，我又有什麼權利來改變你？我只能接受，不管多麼委屈自己，也只能接受。問題是，我接受了你，你能接受我嗎？」

「也許本來是能的，可是在我發過了那種誓言之後，一切都改變了。一個人哪能走回頭路！」

「你把這麼重大的問題，放在一種氣頭上的誓言上？」

你怎麼知道那是氣頭上的話，而不是我心中的實話？

「人們心中的話，也許是借着氣頭上才有勇氣說得出來的！」

「那麼說，當時你早就有了分手的決心？」宜鳳突然回轉身來，直望着他的眼睛。

「我覺得實在我們兩個人都早就有了這個意思，對不對，宜鳳？你仔細想一想，如果不是你那麼堅決，我會覺得良心不安。你所以那麼堅決，也正是因爲你覺得我實在不能接受你的生活態度。你自己呢，不但不能接受我的生活態度，也絕對不能接受一個不能接受你生活態度的人，對不對？」

「要是現在我覺得我可以接受了呢？至少，現在你已經得到了你的學位，你已經有了相當的自信，爲什麼我們不能再重新開始？就是不爲了我們自己，也算是爲了傑夫……」

「不要提傑夫好不好？」他突然怒聲道：「我們約定過，我們中間的任何問題，都不能拿孩子來當做武器！」

「好，不說傑夫，你就眞的爲了一句氣話而永不回頭？」

「如果眞正只是一句氣話，我是不在乎的。但是當時的一句氣話，現在就可以變眞了。你說我現在比較有了自信，對！就因爲我比較有了自信，這才更相信我自己說過的話絕不是自欺的。現在不是很好嗎？你可以過你的眞實自由的生活，我也可以過我的虛榮的有野心的生活。宜鳳，請你饒了我吧！你不知道我要花多大的力量，才能改變我自己在你眼中扭曲了的形象。你不知道我要花多大的力量，才能說服我自己，我並不是徒慕虛榮，我只是要完成些什麼，要樹立些什麼。也許我實在沒有你那種不計較他人的自信，所以只要藉着我所完成的事業、藉着別人所給予我的肯定，我才感覺到我自己眞實的存在。否則，生命一去，則不復再有！我不要一切都變成空白！你明白嗎？你明白嗎？」

宜鳳的眼內含着淚，默默地望着他，他覺得有一股悽楚的暖流流過他的心田，他眞想把宜鳳擁抱起來，答應她的要求，雖然他明明地感覺到他們不會有復合的可能了。

這時正有一隻海鷗打他們的頭上飛過去。他們都目注着那隻海鷗，許久許久誰都沒有說一句話。

原載一九八一年九月十日《聯合副刊》

奔向那一輪紅艷艷的夕陽

我坐在長廊中。

坐在旅館的長廊中。

坐在苦花那窪瓜的一家旅館的長廊中。

長廊中洒了一地的花影。

長廊中寂然無聲。

旅館是老式的西班牙建構。陽光從四方形的天井上空直落下來，打在熱帶植物的寬厚的綠葉上；每一張葉片都是一面耀目的反光鏡。光芒不規則地射向四方，澆洒在紅磚地的花影和柱影上；光與影便彼此吞食，光中有影，影中有光。

身體慵懶得懨懨欲睡。我感到頭虛眼餳。滿洒了花影與柱影的長廊，有曝光過度的照片一樣眩亮，幾如一幅伸展在夢中的圖景。一時間，我竟不知身在何處。苦花那窪瓜？是何處地圖上的一個小黑點？在踏進這個小黑點以前，沒聽說過這樣的地名，連做夢也沒有夢到過這樣的地方。苦花——眩亮的長廊——那窪瓜——夢中的圖景！

我歪了頭，面頰落在一隻掌心裏。沉寂中似乎聽到種輕微的滴水聲，嗒！嗒！嗒！嗒！……稀疏，卻也挺緊迫。悚然憶起：一定又忘了扭緊浴室的水喉。我總是這麼大意；也許並非大意，而是故意，實在也並不多麼清楚。半夜裏不能自主地起身去扭緊水喉，在溫熱的被中欠身而起，打炙熱的懷抱中奮力跳出，赤裸的體便暴露在夜的寒慄中。嗒！嗒！嗒！着力地扭緊了水喉——扭緊水喉——扭緊水喉！夜的寒氣斬斷了流蕩在體內的熱情。是以夜夜在熱情熾盛時起身去扭緊水喉，然後自私而喪氣地蜷縮在床的一角，任誰也推我不動，就因此而酣然睡去。

欠身欲起，忽憶起現在並不在自家的家中。這裏的浴室中沒有那個扭不緊的水喉。我左右張望，尋索水滴聲的來源，卻意外地聽見了一種低微的時斷時續的鼾聲，原來喬治躺在一把籐椅裏睡去。喬治的鼻也是隻扭不緊的水喉！嗒！嗒！嗒！嗒！可笑！喬治的鼻畢竟只是喬治的鼻。側耳細聽，那聲音竟來自我自己的體內——

來自我自己的心臟的跳動，血液的波蕩。咦？眞的？誰說不是！那聲音在我的體內生澀地把流動着的時間切作無數個無數個無數個細小的碎片；每一個碎片中都有我一塊血肉，一縷生命！生命也會香腸似地切作碎片嗎？在我還不曾了悟到是怎麼回事時，那些碎片就似乎已經一片片地銷溶在波蕩的血漿中，而化爲烏有。我伸出兩手在面前慢慢地握起，像要抓住些什麼。注視着握緊了的拳，再張開來，掌心中一無所有！我抬起頭來，就見琳達也沉坐在一把籐椅裏，雙腿交疊，兩臂舒泰地搭在籐椅的扶手上。她的髮向後攏起，在腦後結成短短的一條馬尾，露出她修長的頸。那頸，修長地襯着白色襯衫的圓領上鈎出的一圈紫色的小碎花，像鎖緊了她頸的一條鎖鍊。鎖鍊正慢慢地收緊，琳達無聲地掙扎着，喘息着，吐出了一條長舌。可笑！那只是圓領上鈎出的一圈小碎花。琳達睜着茫然的兩眼，瞪視廊簷下懸掛着的一隻鳥架。鳥架上蹲着一隻瞌睡連連瞌睡着的鸚鵡。鸚鵡頭頂上高聳着一叢紅彤彤的羽冠。自那羽冠而下是一條渾圓的渾圓的渾圓的弧線，直接到牠弧曲的喙那裏。在牠不時一張一合的喙中露出一條肉紅而厚實的舌，就是琳達剛剛吐出的那一條。琳達的嘴裏吐出鸚鵡的舌？我的眼光怔怔地停在那裏，然後又落在琳達的臉上。她抿着嘴，並看不見她的舌頭。她垂下眼瞼，擧起一隻手來，看她兀禿禿的指甲。她的嘴角朝兩邊落下，顯出些悽苦的神情。她把那隻手擧到嘴邊，剛想咬下咬下去，卻匆忙地一瞬，碰上了我的眼光，就又把手無端地放下了。她避開了我的眼光。我卻跟隨着她的，落在沉睡着的喬治的身上。喬治微張着嘴，石榴紅的口唇中露出一線整齊的白齒。他的短袖的襯衫大大地敞開，下襟任意地散落着，只有一角還掖在短褲的褲腰裏。有幾粒汗珠掛在他胸前一抹稀疏的胸毛上，閃着瑩瑩的亮光。兩條裸露的毛腿朝前放肆地直伸開去。

我突然一驚，似乎從夢中醒來一般，睜大了眼睛。其實我並沒有睡着，眼前的景象十分清楚。我從籐椅裏站起身來。在走過琳達面前的時候，她懶懶地問我去哪裏。「到街上溜溜。」我也懶懶地答道。「這麼熱的太陽！」琳達喃喃地說。「嗯？不是那麼熱的吧！」我也喃喃地應着。走到喬治面前，我回頭問琳達：「要不要一起來，妳？」琳達搖了搖頭，我就一逕走出旅館去。

一出旅館，我才發現太陽確是厲害，火辣辣火似地罩在頭上。但是我已經到了街上，就不能再轉身回去。人生總是一路向前的，是吧？我無法想像時時往回走的後果。轉過一個街角，卻忽見一部白頂綠身的公共汽車停在眼前。一個年輕人站在車門邊。白色的條紋褲，短袖的紫襯衫，攀着車槓的手臂綻出一條青筋，看得眞夠清楚。兩顆炭樣的眼睛正定定地盯在我的臉上。好像在哪裏見過似的。不知爲什麼，我竟不加思索地一步就跳上了這部公車。在錢夾中拿出兩毛錢，付了車資，又順手把錢夾揷在身後的褲袋裏去。

車一開動，立刻發出如氣喘一般的軋軋的響聲。手也攀在車頂的橫槓上，身體隨着車身的顚動輕輕地搖擺，身材太高，看不到窗外。閉上眼睛，車頂卻向兩邊裂開，成了一部貨運的卡車。車中人擠人壓，都是從戰火的都城中逃出來的。我坐在父親的懷抱中，拳曲着小手，頭緊而又緊地依偎在父親的肩窩裏。抬頭望去，就見一片片烏雲在天空中划走。都是沉沉地濃雲，襯托着蒼灰的天空，偶爾也有幾枝脫葉的枯枝倏地朝車後滑去。

故土就是這種灰濛濛的天空和無休無止的貨車的行程，好像一生一世都要這麼顚簸地度過。一閉上眼，就看到這種灰濛濛的天空。因爲早已失去了泥土的感覺，便無能立足於任何土地，只有搖擺着、顚簸着，不知到何處去。就在這種顚簸中，我感到腿邊的壓力。低頭就看到那白色的條紋褲，被裏面的筋肉撐得圓滿無隙。在膝部以上有一塊刺目的黃斑，像海灘上的沙地一樣的顏色。阿哥布魯古的海灘，給陽光炙染成一片刺目的黃斑。脚下火燙燙的卻懶洋洋地不肯急跑。像琳達與喬治，給炙熱的沙灘燙得吱吱地叫着、咯咯地笑着，速急地奔向陽光下那一汪銀白。我彳亍地落在後面，並非感覺不到脚下的火力，但是正因爲稍稍感到這款的痛苦，才有一種眞實的存在感。這不是我的假期嚒？就是說一時不再有定規了的日程與工作，時光應該是我自己的，生命也應該是我自己的，這一時不必再人偶似地掛在任何人所牽動的線下。然而驟然間失去了老習慣的依傍，竟如一個脫軌的星球，馳向一個理性以外的夢境，恍惚得令人失魂落魄。於是我覺得更應該珍惜這樣的一種感覺：熱沙炙燙着脚板的神經，像無數纖細的針尖刺入膚中。咬緊了牙，我要體認出——實實在在地體認出自己是存在天地之間的一個實物，而不只是一個夢中的遊魂！

海灘很陡，一下去就水深及腰。浪頭甚是暴急，我立刻就給捲來的海浪擊倒。就像置身在柔道房中，周圍廻旋着無數的無數的浪白的身影，隱隱響起隆隆的斷喝聲。我滿頰淌着汗，抓緊了對方的衣襟，力透雙臂。這時我不必寒暄，不必應對，甚至於不必管對方是何許人。只要感覺自己不再是虛無的，不再是孤獨的就好。我需要這種肌膚的接觸、力的張弛，推拒着叠叠而至的叠叠的浪花。琳達跟喬治回頭對我大笑。倖倖然地站在沒腰的海水中，咬着牙，盯視着他們愈行愈遠的背影。要是他們在伸手可及的距離之內，眞想每人刮他一個響亮的嘴巴。這種奇怪的衝動，使我登時意識到突然而來的小氣與嫉刻的心理仍然啃齧着我心中某一處的腐肌，不免羞得滿面紅熱。抬眼看去，他們已經超越了安全線。

「也不怕鯊魚哪！」這個念頭叫我突地起了一身鷄皮疙瘩，竟似乎可以感到自己波波地跳動着的血漿。前幾天在墨京的報上，就看到阿哥布魯古鯊魚食人的消息——一個加利福尼亞來的美國人，給一隻孤游的白鯊咬斷了腿，失血而死——加利福尼亞來的美國人，像喬治，像琳達，像我自己……啊！不！我只是加利福尼亞來的，哪裏算是美國人？雖然住在這個國家，一年、兩年、無數個無數個年頭已過，法律上成爲了這個國家的國民，但意識裏從不曾有過跟這個國家認同的任何體切的感覺。

「琳達！喬治！」兩手捧住嘴前拚力大喊。我的喊聲立刻爲隆隆的浪聲吞沒了。心中悖然地注視了他們一會兒，就沒入水中。一個突襲而來的浪頭，猛烈地撞在我的頰上，倒像是自已吃了一記耳光。悻悻然地站起身來。要想游泳，非得遠離這一條浪線不可，像琳達和喬治。在廣漠的銀白中，他們已化做了兩顆黑點。我好像有種不祥的預感，卻同時感到一種無能爲力的孱弱。對無法肯定的後果，不管你有多麼巨大的力量，也無從抗爭。跳出水來，脚下又是適才那般適度的炙痛。背海而行。沿沙灘是一排椰葉織成的遮陽傘，低如狗窩似的低，爲了適合行爲大膽而放肆的美國人的口味。我得把腰低低地弓下去，才看得清楚是否是空着的。不知爲什麼，今天空着的很多很多。鑽進了一架空傘，趴伏在沙地上，打椰傘的下沿朝海邊眺望。突然間我似乎看見我自已仍然竚立在海邊的身影，就在沙灘上眺望着遠處的海中泅泳着的另兩個人影。我甚至於清清楚楚地感到脚板上那種不易忍受的熱沙的炙燙的熱。這種奇異的景象，很叫我吃驚。我怎能夠離開自已的體殼觀察到自已呢？然而這已經不是第一次有這樣的經驗。起初時我懷着十分的驚懼，但久而久之，並沒有第三者證實我這種經驗的客觀性，我便想這只是一種出神的幻覺、一種自然特賦的隱秘的奇趣。

我閉上眼，讓自己沉入一種無意識的混沌狀態。過了好大一會兒，才意識到我自己確是伏身在椰傘下陰涼的沙地上。翻轉身，胸腹間滿沾了細沙。叫鹹濕的海水浸透了的泳褲緊緊地綳在小腹上，覺得非常不耐。我褪下了一半，手不自禁地伸下去，但立刻又凜然地提了上來。匍匐着身體爬出遮陽傘，匆匆地急奔回濱海旅館的房間，一逕鑽進浴室。扭開淋浴的冷水喉，一股沁涼的冷泉立刻由頂而下，澆在火熱熱的軀體上。脫去泳褲，看急沖而下的水柱，把沾黏在身體上的細沙粒一粒粒地沖刷到脚下。然而我的身體仍然是炙熱的，神經亢奮得全身索索地抖戰不止。大張了嘴，窒息地狂呼出一種沉淤在胸臆間的歡樂與痛苦。

車身猛烈地搖撓了一下，就停止了下來。突然間我感到身旁的白條紋褲撤身而去，在我的臀後緊擦而過。一時間我竟產生了一種意想不到的警覺。伸手往臀後一摸，錢夾果然不見了。「停車！停車！」我呼叫着速急地在正要關閉的車門間急衝下去。白條紋褲在前飛奔着，我也飛奔着。覺得又像上了球場，正猛烈地朝前衝刺。可是有多久多久不曾上過球場了？我的腿在急奔中不自主地顫抖扭曲。要不是那年輕人突然間撲跌了下去，我不會能夠追得上他。

我握着那失而復得的錢夾，在邁出了幾步之後，才能夠回想起事情發生的經過。我看見那年輕人撲跌了下去，我也看見了那拋在塵土裏的錢夾。可是我並沒有立時去撿拾，而等那年輕人站起身來，就出其不意地着力地打了他一個響亮的嘴巴。這時候我似乎又成了一個旁觀者，不太明白打人的動機是什麼。那人挨了嘴巴，不響也不動，只寂然地盯注着我。那種盯注的眼光很叫人吃驚。這時在我們周圍已站下了好多個看熱鬧的路人，都用不明所以的炭般的眼睛盯視着我們。不知何故，我覺得我的臉登時臊得飛紅。伏身撿起了我的錢夾，又瞥了那人一眼，一瞬間似乎看明白了隱含在那人眼中的受了辱的兇厲。我心中立刻萌生了一種莫名的忐忑。訕笑地對圍觀的路人指示着自己狼狽逃脫的形貌。擠出人叢，才眞正感到訕笑的與逃脫的原來都是我自己。我邁開大步，走出了十幾公尺以後，這才眞正意識到那幾十隻圍觀者的眼光的威力乃是朝我而來的：一個粗暴的外鄉人，我一定是，在圍觀者的眼中。把那沾了塵土的錢夾又揷在褲袋裏，繼續急步前行。我覺得心頭一團躁熱，紛亂無比。本來只想上街溜溜，又不想去哪裏，爲什麼竟無緣無故地攀上一輛公共汽車？然而這已不是第一次我有這種莫名其妙的不可解說的舉止。奇怪的是，在我的生活中，凡是我所計劃的事情，都沒有什麼結果，反倒是無意識的舉動，卻把我一步步地帶到目前的境地。我本來計劃跟琳達到夏威夷度假的，只因爲琳達開玩笑地讓我閉起眼睛在地圖上指出度假的地點，誰知等我睜開眼睛一看，壓在我的手指下的，不是夏威夷，而竟是墨西哥！墨西哥也許是更有意思的吧？不同的語言、不同的文化、不同的種族！我們都奇怪爲什麼一開始沒有想到這麼好的一個好地方？那裏生活便宜，又可一直開車去。就是我們的車太舊了一點，太小了一點。不過也沒有關係，可以借喬治的旅行車，甚至於可以約上喬治，結伴一起來旅行，不是更有意思？「爲什麼要約喬治？這是我們兩人的假期！」琳達不悅地反對着。我卻想起了上次跟琳達旅行時所發生的一切的不快。兩人的愛好不同、口味不同、看法不同，卻偏偏地碰到了一起。這種差異在平常大家都忙着各自的工作的時候還不覺得什麼，一到假期旅行，心情鬆懈下來，各自任意地施展着自己的個性，問題就尖銳地現了出來。也許有喬治在一起，有了個緩衝的媒介，會過得好一些的。「借人家的車，不約人家的人，怎麼好意思呢？」我堅持着，並說了許多許多喬治的好處。最後琳達委屈地接受了我的看法。誰知到了墨西哥，心裏不自在的，不是琳達，不是喬治，而竟是我，我自己！他們一用上土腔土調開起玩笑來的時候，我就插不上嘴了。有時候甚至弄不清楚可笑在什麼地方。我忽然發現三個人在一起，與單獨跟喬治或琳達相聚的時候是一種截然不同的關係。我竟在不知不覺間開始討厭起喬治那種隔不了兩分鐘就着力擠一次的眼睛，討厭他那種輕佻地挑動着的眉毛，也討厭琳達那種誇張的尖銳的笑聲，和她眼中閃着的一種平常我不曾見過的奕奕的神光。這種厭惡的心情最後竟落在我自家的身上。我發現我自己竟是這麼一個心胸狹隘的人——小氣、陰霾、嫉刻，甚至有時會惡毒！所以益發地恨惡起我自己來。但最叫我難堪的還是其他別人的誤解。就如昨晚我們三人坐在一家露天的飯店裏，前後左右都是美國來的遊客，一式捲舌的英語，只有那馬兒牙乞樂隊奏出的高亢的墨西哥土風樂，才使人覺得已置身於異國。身着潔白的制服的侍者，以迅急的小碎步蝶似地在餐桌間翩飛。一個侍者端了兩盤烤鹿肉和薄餅，輕巧地放在琳達和喬治的面前，翩然而去，竟忘了我的一份！我就對琳達和喬治說：「你們先吃吧！烤鹿肉冷了不好吃的。」喬治和琳達何嘗等我的勸告，早就不客氣地動起手來，一面還嗤嗤地笑我。我呢，的確有一副白瞪着眼的傻相。在那時我的臉竟騰地一下熱了起來，心中立刻意識到那個墨西哥侍者一定把喬治和琳達認作了一對夫婦，而我，不過是一個黃皮膚的導遊一類的角色，難怪對我這麼輕忽了！可惡！可惡！我心中惡毒地叫着。等了好半天，我的那一份才端了來。我眞想把那一盤熱騰騰的烤鹿肉立刻扣在那個留了兩撇仁丹鬍的侍者的有稜有角的瘦臉上。可是我什麼也沒有做，只低下頭默默地把一盤烤鹿肉吃完了，全不知烤鹿肉是什麼滋味！

我的心就是這麼鬱鬱地無法舒展開來。我寧願像現在似地一個人走在這麼一條異土的小街上，這使我覺得我的異狀，正好適合了我所認爲的人在天地之間的眞實處境。

我覺得有些口渴。這條街上靜得出奇，不但沒有咖啡店，連行人也少見。離開旅館的時候竟忘了把昨日在觀光中心索取的地圖帶了出來。往東？往西？還是一直地朝南走下去？其實又有什麼關係？我總會走得回去的。就是走不回去，也不過像我如今的遭遇一般樣。但是我仍忍不住自問：這條街該是南北向的吧？這麼問了，心中卻有些捉摸不準。看太陽，也難說。已經——看看錶——下午三點多，可是太陽仍然是當頭罩着的，人影子在脚下堆作一團。一個年輕人手抱吉他遠遠地走在我的前頭，不時地撥出一兩聲有聲無調的咚咚。街邊的一式塗成淡紅色的紅土牆上，垂掛下一蓬蓬紫色的小花朵，紫得好叫人在心頭結成一個疙瘩。

琳達的睡袍上就團着這樣的紫花，不過比這掛在牆頭的可要大得多了，一瓣瓣伸展開來呀，足足有她一個茶杯的大小。看了叫人憂悒。她卻說她喜歡這種樣的紫色。

跟琳達對坐着的時候，你才感到人和人之間的距離有多麼多麼的大，不管她是你多麼多麼親近的人。我不知道她在想些什麼。我敢說她也不知道我在想些什麼。每個人都有一個自己的過去，也有一個自己的未來，那短暫的共同時空的當下脆弱得幾乎當不起一架從過去通往未來的橋樑。於是同一時空便仍然裂作兩半，各人走過各人的橋頭。

「昨夜我又夢到了戰場，」琳達說：「但是不在越南，好像就在這裏，在美國，在加利福尼亞，在舊金山種滿了鮮花的街道上。炮彈就轟隆轟隆地落在這些漂亮的花園裏。我一個人往前跑，不知為什麼……」

「我夢見在一個森林裏，」我說：「高大茂密的樹遮得不見天日。我也是只有一個人。我覺得我只是一個小小的孩子，大概只有五六歲那麼大小。不知爲什麼……

「不知爲什麼就我獨自一個人在炮火中奔跑。我心中憂慮着我的母親，不知道她是不是還活着。你知道，她死了已經好多好多年月了，但在我的夢中，就好像完全忘了這件事的一樣。好像她仍然活在一個地方，活在一個我不十分清楚的某一個地方……

「不知爲什麼我覺得自己只是那麼小的一個小孩子，獨自走在不見天日的森林裏。可是我知道，不知在什麼地方，有一所磚壁瓦頂的房子。在裏邊的一間屋子裏，升着一盆熊熊的炭火。我的老祖母，坐在一張紅木雕花的頂子大床的床沿上，手裏拿一雙鐵筷子，正在炭火中撥弄着烤着的熱栗子……

「是，我的母親不知在什麼地方。我在炮火中飛跑，心中掛念着我的母親。我看見我們的房子在炮火中傾塌下去。我的母親！我的母親！我心中焦急地喊我的母親，可是我看不見我的母親，只有瓦礫和煙塵。我蹲下身去，瘋狂地把我的雙手插進瓦礫堆中，好像我知道我的母親就壓在瓦礫的下邊。我拚命地用雙手挖掘我的母親……

「我茫然地往前走，往前走。只有陰冷的森林，我看不見那所磚房子，我看不見烤着栗子的炭火，我看不見我的祖母！我又是那麼小的一個小孩子，我不知道我在哪裏，我也不知道方向。我只有在陰暗的森林裏尋找我的祖母……

「我拚命地在瓦礫中挖掘我的母親。我看不見我的母親。我舉起手來，就見雙手的指甲都脫落了，流着鮮紅的血！」

我突然跳起身來，握起了琳達的雙手，吻在她的用牙齒咬得兀禿禿的手指尖上。啊！琳達！這一刻我覺得我們是那麼接近，就像是我在挖掘你的母親，你在尋索我的祖母——就好像我們是一個人！我必須馬上回到旅館去，我必須馬上握起琳達的兩手，吻在她用牙齒咬得几禿禿的指尖上。

那走在前頭手抱吉他的年輕人踅進一所土紅色的房子裏。我走過了那所土紅色的房子，前列還是一式的十紅色的房子。我不知道旅館在哪個方向。口中旣乾又燥，卻不見一間咖啡店的影子。眞不中用！不是因爲打了人一個嘴巴，就該這麼慌慌張張地奔命的！我不記得出手打過什麼人。可是打已經打了，難道還怕他追了上來不成？不過，說也奇怪，那傢伙站在那裏死死地盯在人身上的那種眼光，確是叫人吃驚得很。周圍已經站上了好多個看熱鬧的路人，都用炭般的眼睛注視着我們兩人。我要不是急速地抽身而去，似乎預感到那年輕的小伙子會像一頭豹子似地勇猛地反撲過來。可是爲什麼我竟那麼衝動地舉起手來，毫不加思索地打他一個嘴巴？我應該去問琳達這一個問題。

「我最後把流着血的手怕挿進瓦礫堆裏，」琳達打了一個冷戰：「你知道我掘出來的是什麼？」

「是什麼？」我緊張地問。

「是我的父親！他齜着牙，閉着眼，臉色慘白！」

我鬆了她的手，心中怛怛地跳着。可是她伸過手來，又抓住了我的，用她灰藍色的眼睛定定地望着我。我望進她的眼去，突然間覺得走進了一條深邃的隧道。在隧道的盡頭就是那一片走不出來的森林。是，只要我一走進去，就永遠不要想再走得出來了！

「我知道我母親的死對我的父親打擊有多麼大。他像一個孩子——他自己這麼說的——諸事都依靠她。我母親一死，他就突然失去了依傍，無法一個人生活下去。就在同一年他又結了婚。這次的婚姻只維持了三年，就完了。我的繼母是一個沒有受過什麼教育的人，是一個感性的人，是一個渾身充溢了性的魅力的人。可是我恨她，因爲她不是我的母親！但是她是一個好脾氣的人，不像我父親那麼陰沉，那麼道學。我已經不多麼記得我自己的母親，她死的時候我只有六歲。我一想到我的母親，就想她大概跟我的繼母是一個樣兒，那麼性感，那麼樂觀，高興起來就把你摟得緊緊的，把你的頭偎在她豐滿的乳上，拉了你的手在她的胸乳之間亂揉一通。我恨我的繼母。可是我常常想，要是我自己的母親像我的繼母那樣有多好！我不要我的母親像我的父親那樣嚴肅、那樣乾燥！他整天都埋在書裏，他的精力都填給了不能產生感應的物質的東西，像一條銹了的鐵釘，就是碰到一塊巨大的磁鐵，也不能再產生任何感應了。如果我的父親對我是一間暗室，我想像中的母親就是一扇打開的窗戶。透過我的繼母，我看到了我自己的母親發着晶亮的光芒。可是住在陰暗的屋子裏，只有一扇窗又有什麼用呢？我覺得我是半個死去了的人。是不是？如果你說是，我不會怪你。」

「也許我們每個人都已是半個死去了的人。我們都在半死的體殼中掙扎着，想冒生出另一個新的人來。如沒有新的冒生，我們可就要眞正地完完全全地死去了。」

「那是你，不是我！我是半死的，卻沒有什麼新的冒生。我也不要什麼冒生。那樣的話，我會遠離了你，你明白不？只有在我感覺到半死的時候，我才可以停止在當下的時間中，我才可以付託在你的身上，我才可以感覺到對你的愛情。這種對你的愛情的感覺，就是我唯一生存的力量。」

「可是你吸乾了我的力量！你知道嗎？你知道嗎？我也許不該這麼自私，我也許應該把我的血都貢獻給你，養活你這具半僵的軀體，對不對？」

「不錯，我是已經半僵的，可是我並不要吸你的血！你最好不要再管我！你可以走你的，飛你的，遠離我而去，讓我獨自挖掘我母親的墳墓。這是我自已的事，我沒有權利拉你一起來陪葬的！」

「你到底還有扇明亮的窗，也許有一天你會從那扇窗裏飛身而出。我呢，我連一扇窗都沒有！」

「你不是說我就是你的窗嗎？」

「噢，那是很久以前了，是不是？」

「可是我願意聽你說，願意聽你說很久以前的事。什麼時候下那一場大雨？什麼時候我們在雨中相遇？」

「記得吧？那天在大雨中我讓你上了我的車。你臉色慘白，嘴唇緊緊地抿着，一臉的雨水，好像你剛剛哭了一般。後來我才知道，你當眞是哭過了的。當時我問你送你到哪裏去。你說：『隨便！都是一樣的！』我覺得好生奇怪，我們是兩個完完全全的陌生人，你竟對我說這樣的話。我就照原來的方向駛去。看看快到了我自己的住處，我又問你住在什麼地方，我可以送你回去。可是你又說你可以在任何地點下車。天下着那麼大的雨，我總不能再讓你一個人在雨裏走回去，所以我只好請你到我那裏坐坐，等雨住了再走。我並沒有居心來引誘你。我發誓，我沒有這樣的居心！那時候我只是覺得寂寞，想找一個可以談話的人。記得吧？那時大概不過五六點鐘的光景，因爲下雨的關係，房間很暗。我扭亮了電燈，見你抱着肩微微地抖着。我想我自己有些手脚无措起來，不知道到底該做些什麼，就問你要不要喝杯咖啡。我沒等你的回答，就朝厨房裏走去，並且順手調整了房裏的暖氣。我在電壺裏灌了已經相當熱的水，揷好揷頭，壺裏的水幾乎立刻就發出吱吱的響聲。我又去拿杯子，並且失手打破了一隻。我那時一定是神情相當緊張，舉動很不自然的吧？嗯？因爲除了雅琴以外，我沒有跟別的女人打過交道。但是雅琴上一個月已經是別人的女人了，恐怕早已……早已跟別人做着那種她那麼堅決拒絕了我的事情……」

噢，天！喉頭聚集了些比黑咖啡更要苦的液汁，我一口嚥下去。那液汁又堵在胸臆間，幾乎連氣管都閉塞了，使我愈來愈覺得口乾舌燥得難忍，不停地用舌尖去舔舐焦熱的口唇。猛一抬頭，卻見不遠處高挑着一個可口可樂的牌子。我毫不加思索地直奔了過去：一家小吃店！賣的是炸玉米餅，餅裏包裹的就是那種叫我一看就心驚的醬紫色的煮紅豆。在炸過了的餅上再澆上一層厚厚的土紅色的番茄醬。炸鍋裏正滋滋地冒着一蓬蛋青色的輕煙。鍋後邊坐一個肥胖的梳着長辮的印地安婦人。我一眼就瞥見門裏邊有一個冰櫃。想一想我那所知有限的幾個西班牙字，不知從何說起才是。就用手指了指冰櫃。立刻打屋角裏奔出來一個半大不小的毛丫頭。我一進門時，因爲注意力集中在炸鍋後頭的那一個胖女人的身上，竟沒有看見瑟縮在另一個屋角裏的這麼一個赤着雙脚的耗子似的瘦嶙嶙的女孩子，女孩子的臉上瘦得只剩下兩顆炭樣的閃着寒星一般光芒的大眼。我怔了一下，不知道在哪裏曾見過這樣的一對眼。女孩子打開冰櫃，取出一瓶橙紅色的橘子汁來，擲在我的面前，仍用那一雙炭樣的大眼望定了我。我也望着她那一雙大眼睛，不知道在哪裏曾經見過，她的手又往前伸了一點過來。我認識這種化學品泡製的人造橘子汁，喝了連舌頭都是紅的，就搖了搖頭。女孩子有些不知所措起來，掉轉了頭去望炸鍋後面的肥胖的女人，好像乞求她解開這樣的一副僵局。那肥胖的女人早已經打眼角裏瞄着我們，立刻從炸油的煙氣中歪過頭來，粗啞而重濁地叫道：「剛比亞——烏那——布台牙——考扣考啦！」那丫頭恍然大悟地打冰櫃裏換了一瓶可口可樂出來，在我面前晃了一下，問我的意思。我點了點頭，她就在櫃邊上爲我撳去了瓶蓋。握住冰冷的玻璃瓶，送到唇邊，手掌心和口唇上馬上產生了一種沁涼的快感。

一股沁涼的冷泉由頂而下，澆在我火熱的軀體上。脫去泳褲，看水柱把身上的細沙一粒粒地沖刷到脚下。然而我的身體卻依然焦熱、依然亢奮得不可抑止。想到那個叫孤游的白鯊咬斷腿的加利福尼亞來的人，心中就產生了一種不祥的預感。爲什麼把兩個粗心大意的琳達和喬治撇在危險地帶的海水裏？我放大了水喉，微仰着頭。我立刻看到在海中游着的不是琳達，不是喬治，而是我自己，我正在從大白鯊的口中奪命而逃。往前狂游、捨命地狂游！

「你看，你也是個敏感的人，你也需要用你的身體來表達你的歡樂與哀愁，你也需要一個人完完全全地接納了你，連帶你的慾求，你只是叫那個叫做什麼琴的女孩子糟蹋了。你叫她糟蹋了！」

「不！不！那不是實情！雅琴是一個純潔的女孩子，她不是沒有慾望，她是要保持她的身分。我打球的時候，她常常在球場邊等我。打完球，一身汗。我的手一碰到她的，就有種按捺不住的衝動，真想把她一把摟住。要是球場邊沒有別的人那該有多好！擦乾汗，穿好衣服。球場邊沒有淋浴的設備，不像在美國，打完球立刻就可以痛痛快快地淋個澡，雅琴並不在乎我的汗臭。不久，校園就沉落在一片黑暗中，只有天上的星光燃燒着夏夜的溽熱。我的手索索地觸到她的身體上，粗暴而堅持，我現在可以像一個旁觀者似地注視着我自己。那個叫做雅琴的女孩兒，一手擱在我的腿上，一手支拄着草地，傾側了身體，微張着嘴，急切地喘息。忽然間，她打了個冷戰似地挺直了身體，啞聲地說：『你要做什麼？』我不能回答，我渾身戰抖得幾乎不能自抑。我的手失去了控馭地任意摧殘着她的身體。那個叫做雅琴的女孩兒一手緊緊地壓住了她的裙，一手推拒着我的身體，慌急地叫着：『不能！不能！』我看不清她的臉色，也看不清她那雙炭樣的大眼，可是淸淸楚楚地聽到她那乞憐的哭音，就突然地縮回了手，心中萌生了一種被棄絕的割痛，粗暴而悲哀地叫道：『你回家去吧！』那個叫做雅琴的女孩兒不響也不動。我自個兒卻跳起身來，鬼附體似地跑回宿舍，立刻鑽進浴室的蓮蓬頭下，把沁涼的水柱直澆在火熱的身體上，微仰了頭，狠狠地摧殘了自己。然後擦乾了身體，低垂了頭，慢吞吞地把汗衫和短褲再穿回去。心中有種說不出來的沮喪的情緒，好像一切的光明與聖潔都打眼前一瞬間撤退而去了，眼前只閃爍着些黑乎乎的暗影，心中萌生着潮水般水樣迷目的恨意。我開始憎恨雅琴，但更憎恨我自己，尤其是憎恨我自己薄弱的意志。我自家的身體，就是一口大張着嘴的黑暗的暗穴。每天我都站在懸崖的邊緣上，徘徊又徘徊，而終不能自抑地直朝那無底的暗穴裏直直地跌落下去……」

我又要了一瓶可口可樂，一口氣灌下了大半瓶，舐了舐嘴唇，又慢慢地喝乾了那小半瓶，胃裏比先前舒暢多了，可是嘴裏依然有一種甜兮兮的煩膩，要是有一杯清茶……一杯清水也好。然而早就聽過朋友的警告，墨西哥的涼水是不能隨隨便便喝的。算了！還是忍着吧！生活中有太多太多需要忍耐的事情！付了錢，走出店來，一抬頭，我的心不由地立刻馬上登時忐忑地大跳起來。

在離這家小店約莫五十公尺的距離，就在剛才我經過的地方，站着兩個人：一人一手扶牆，一手叉在腰幹上，左腿交叉着右腿。另一個站在他同伴身旁，兩手交叉在胸前。兩人正盯視着這家小店，也就是說正盯視着我。那個兩手交叉在胸前的，戴着草帽，看不多麼清楚他的面色；但那個倚牆而立的，穿的是紫襯衫、白色的條紋褲、黑皮靴，赫然就是我剛剛打了一個嘴巴的那個小伙子。

這兩個傢伙顯然是一直跟踪我到了這裏，現在正站在那裏等我出來，可見我適才心中的忐忑不安並不是無因的。其實我心中的不安並不是因爲了害怕。不要說我還是練過柔道的，就是什麼也不會，憑了我這麼個個子，一身結實的筋肉，也不見得就吃了虧。我心中的不安實在是爲了我自己。我不明白爲什麼我竟那麼激動地打了人家一個耳括子！我平常並不是一個容易衝動的激切人。現在可好啦！叫人給跟上了，在這麼熱的天，又在這麼一個陌生的地方！

我本想折回原路，那應該就是去市中心的方向。可是這就必得經過那兩個傢伙的身旁邊，似乎不怎麼妥當；自然也不能因此就退回小吃店裏去；唯一的去路呢，只有朝相反的方向走。先擺脫了這兩個傢伙再說吧！這麼叫他們跟隨着，總不是個味兒的吧！

我走得相當快，比剛才快得多了。我心中感到不似在逃避什麼，倒好像又跑在籃球場上一樣。一去不返的大學生活！下課後，我總一直地直奔籃球場，在那裏總可以候到幾個人來鬬他一場汁水淋漓的牛。這時候我不但可以忘懷了功課的壓力，更重要的是可以不必立刻回家，去面對我母親那一張怨怒的面色。父親已經多日不回家了，又哪能怪母親的怨怒呢？看了母親那種怨怒的面相，我就不能不暗暗怨恨着父親。父親對我也越來越生分了；就是偶然碰到面，也是無話可說的，使我覺得在我們中間似乎一日一日地砌立起了一堵堅不可踰的牆壁，一人在牆的一邊。我在牆的這邊逡巡的時候，便只有一個願望：飛開去！飛開去！飛得越遠越好，永不回頭！因此我一逕往前，甚至於不擇路徑地往前。我不敢回顧，不堪回顧。在我踏過的路迹上，滿印了不快樂的面色，個個都在向我呼喊着生命的無聊與不堪。

「我走過的路也一樣充滿了不快樂的面色，我在夢裏就常常看見我父親那一張憂感的臉，好像我正把他從墳墓裏挖掘了出來。要不是爲了我，也許他不會跟我的繼母分開的。我不知道爲什麼那麼恨她，她並不算一個可厭的人，她只是沒有受過什麼教育。我做得也太過分了，我有時會做出些連我自己也不明白的莫名其妙的事。下大雨的那一次，我並不認識你，可是我竟莫名其妙地跟你到了你的住處，只因爲那時候我覺得一切都不重要了。在越南死了那麼多年輕的兵士！人們的不幸，好像都是因爲我的緣故。要不是遇見你，也許我不會活到今天。」

「我沖好了咖啡，一手端着一個杯子打厨房裏出來，你已經不在客廳裏。我放下杯子，就去推浴室的門，門卻在裏面鎖上了。我知道是你在裏頭，我站在浴室門口，聽見裏頭窸窸窣窣的聲音。然後門輕輕地打開，你站在我的面前，竟穿上了我掛在浴室門後的晨衣。胸前露出一片雪白的頸，頭髮攏向腦後，仍然濕答答的，臉上浮着一絲淡淡的笑，像換了一個人。我當時忽然覺得你的臉色明艷照人，你有那種在雅琴的矜持的臉上永遠找不到的雍容與開朗。那時候你正想開口說話，我卻迫不及待地側擠進浴室，我忽覺內急得很。一手推上身後的門，一手就拉開了褲子的拉鍊。沒想到我沒有推緊浴室的門，門又自己開了。我側轉身再去推身後的門，竟撒了一地的尿。卻看到你仍然站在浴室的門前，怔怔地朝我望着。」

「要不是爲了我，我父親也許不會跟我的繼母分開的。她是一個肉感的開朗的女人，跟她在一起，我的父親也許不會那麼頹廢。不知爲什麼，我那麼恨她，我故意地撕毀了她的衣服，打破了她心愛的花瓶。她氣得渾身發抖，打了我一個嘴巴，我就尖叫起來。我父親摟住了我，怒聲斥喝我的繼母，罵她是一個沒有心肝的臭女人。我摟緊了我父親的頸，故做悲切地低泣，心裏有種說不出來的痛快！」

「我走出浴室來的時候，你已經坐在沙發上呷着熱騰騰的咖啡，那時候窗外的雨仍然霏霏地落着。因爲我調整了室內的暖氣，顯得有些躁熱。我脫去了外衣，你就問我：『你不介意吧，我穿了你的晨衣？』我說：『不！』你就朝我伸出手來說：『我叫琳達！』我說：『我叫羅伯！』說着握了握你的手。在你坐着的時候，胸前半敞，露出了大半個細膩潤滑的頸。你交疊着雙腿，晨衣朝一旁分開。你不知道，你那種模樣，叫我好像產生一種走在懸崖上的感覺，好像立刻就要跌進那個無底的暗穴裏去。『你不是一個人住？』你突然指着房門洞開的兩間臥房問我。『不！跟一個朋友同住。』我說：『喬治到華盛頓州看望他的祖母去了。』」

「我也該去看望我的祖母呢！」

「你也有一個祖母嗎？」

「我的父親跟我的繼母分開以後，我們就搬去跟我的祖母同住。或者不如說我父親把我交給了我的祖母，就一個人走了。從那時起，他只有偶然來看我。」

「你祖母呢？」

「她住在老人院裏，已經好些年了！」

「我的祖母要是還活着的話，大概也在老人院裏了。」

「你的祖母呢？」

「給我的父母棄置在那一片隔絕了的國土上，她沒有別的親人。他們本來可以帶我的祖母一起走的，只是她不肯離開那一片根生的土地，從此就沒有了音息。我自己也不記得她的面貌，約莫應該是一個皺臉的老人，有老年人那種和悅的慈顏，卻沒有我母親那種怨怒的面相。我一想到我的祖母，就記起那灰濛濛的雲天，滑駛而去的枯枝，顛簸的貨車上——漫無盡期的路程。後來每逢我祖母的生日，我父親就吃一碗壽麵。」

「為了紀念你的祖母？」

「我想他也是挺喜歡吃麵的。」

「你說你的朋友去看望他的祖母去了？」

「是！他走的時候本來邀我一同去的。他說：『我的祖母住在西雅圖附近的一個小鎮上，她本來有一個極大的蘋果園，已經賣掉了，現在過着退休的生活。自從我的父母死後，她就是我唯一的親人。可是我並不多麼想見她，並不是因為她的緣故，而是為了我父親。一看見她，就使我想起我父親那張叫酒精泡透了的蒼白腫脹的臉，茫然大睜的兩眼，說不出是可怕，還是可恨。除了痛飲以外，他沒有什麼特別的理由活着；可是他仍然要活着。這樣的一個人，難怪我母親要拋棄了他的！』我就說：『也許是因為你母親先拋棄了他，才使他變成這一副模樣的。』可是喬治說：『我原先也是這麼想，因此十分憎恨我的母親。可是自從我參加了越南的戰爭，特別是叫越共俘虜了，在死亡的邊緣逃了出來以後，我才瞭解到根本的責任並不在我母親身上。』」

「你的朋友叫越共俘虜過嗎？」

「不錯！他是一個在死裏、在恐怖裏、在幾乎不可想像的肉體和精神的苦刑中逃脫過來的人。要是你看見他，你就不會不注意到他的十個手指都比常人的粗大，每個指甲都變成厚厚的蒼灰也。他被越共俘虜以後，就給裝在困獸的那種竹籠裏。為了從他的嘴裏獲得某種情報，他們把削成尖利的竹籤打他的指甲下揷進他的手指裏去！」

「眞有這樣的事？與其叉這樣的苦刑，還是死了的好！」

「不信你問喬治！喬治，你說！」

「有時候也並不是為了獲取什麼情報，而只是出於一種報復的心理。報復我們無故地侵越到他們的國土上來，報復我們在無能控馭的瘋狂中屠殺了他們的親人。我親眼看到在火海中焚燒着的兒童的身體，就像一隻隻在烈燄中炙烤着滴着熱油的臘腸，所以他們就在我們這些被捕的戰俘的身上宣洩着他們的憤恨了，我所受的刑罰還是輕減的一種。有一個粗橫的軍曹，被他們剝得赤條精光，他們把一條條削得纖細如針的竹籤揷進他被他們故意搓弄得膨脹起來的生殖器裏。聽着那種失去了人聲的嚎叫，你簡直沒法子不變成瘋子！你再也無能判斷殺人與被殺之間還有什麼根本的區別。你就只憑着一種野獸的狂暴，不計後果地肆意而爲。在一次大轟炸的紛亂中，我跟兩個同伴衝出了半毀的獸籠，搶了兵器，見人就殺。那時候心裏如果還存有一毫人道，就只有自己葬身在那火海之中！」

忽覺內急，剛剛喝過的兩瓶可樂，好像未經吸收似地直流了下去。在墨西哥街頭竟沒有看到公廁的設備，我得趕快回旅館去。我急急穿出了一條小街，眼前突然開朗，原來到了一個斜坡上。眼下的房舍沿着一條窄窄的狹谷朝下延伸開去，然後又向上升起。在斜坡上矗立着幾座華麗的別墅，就建在破敗的陋舍的中間。碧綠的草地鑲嵌着海藍色的泳池，在陽光下發出閃閃的光芒，那些陋舍可都是用亂石堆砌的。在人高的牆上，加一塊青青的鐵皮，就是屋頂了。院子裏還零零落落地栽種些玉米，半裸的孩子就滾在灰黃的塵埃中，我似乎又回到家了。貧窮受創的心靈，一如我的故鄉。在加利福尼亚，是不容易見到這種景象的。街上行人漸漸多了起來。也有了幾戶店舖。未裝門窗的老爺公車，正噴着黑噴噴的濃煙吃力地朝山坡上爬去。一輛計程車飛馳而過。我還不曾舉起手來，已經過去了。我感到內急得很，心中卻牽掛着身後追隨着的兩個陌生人。猛一回頭，竟不見了踪跡，鬆了一口大氣。站在街口，左右張望，仍然弄不清身在何處，竟感覺好像迷失在一種無可奈何的夢境之中。幾個戴着髒兮兮的草帽的墨色臉堂的墨西哥人，打我的身邊走過去，不知爲什麼使我想起了中國的農民！……不！應該說想起了越共。他們的臉色簡直可以說是黧黑的，衣服也很襤褸，比起墨西哥京城的白色臉堂的墨西哥人來，眞有天壤之別。我在他們的臉上，彷彿看出了一種不可抑止的怒容，像心中懷着深刻的恨意。人們心中懷着恨意的時候，戰爭便無法避免。怕只有在彼此都受到戕害之後，才能平復下來。

「戰爭至少可以教給人怎麼活着。」喬治說：「只有在親身面對死亡時，才眞切地體會到生的可貴。還能夠活着的時候，就該好好地活着，對不對？就該主動地——注意！我說的是主動地——爲自己尋出一些快樂來。不管它什麼歷史文化、道德教條，只要可以使你快樂，比起死來，比起彼此殺戮來，都算得上人間至高無上的美德了。因此，我父母的面相在我面前改變了他們原有的顏色，我不再怨怪我的母親。不管爲了什麼理由使我母親捨棄我父親而去，他也不該沮喪終生，因爲這是我母親的選擇。我們有什麼道理把自己的幸福和快樂寄託在別人的選擇上？我的父親並非是命定的受害者。他的生本不是爲了我的母親，那麼他又有什麼理由把他一生的幸與不幸付託在我母親一個人的身上？誰又有這種力量，除了自己的生命外，還要終日地肩負另一個自己全無能力自主的生命？不管他多麼愛過我的母親，我母親總比不上他自己的生命，對不對？即使沒有了我的母親，他仍然可以爲自己而活！爲生命而活！他自己的一個活潑潑的生命，難道對他竟沒有一個不再愛他了的女人更有意義嗎？想到這裏，我實在爲他難過。不！我不應該說是難過，而是眞眞實實的痛苦！在這裏，就在這方寸之中，爲了他而日夜滴血！你看，我在譴責着我父親的時候，我竟不自主地做着跟他一樣的傻事！我也要忘了我自己活潑潑的生命！只有在激發出對他一種憎恨的力量的時候，我的心才可以稍稍獲得一點安慰。如果我還能恨，我就是一個強者，我就還有力量活着！一個人要是不自願地把可以戕害自己的武器交到別人的手裏，誰又能夠來戕害你？」

「不錯！是我母親的怨怒在我和我父親之間打起了一堵牆。一看見我母親的臉色，我的心不由自主地就隨着她那下垂的眼角和嘴角墮落下去，有時候我似乎仍然感覺到在敞篷車中坐在父親的懷抱中的那種溫熱。拳曲着小手，頭緊緊地偎傍在父親的肩上。父親努力地用手臂環護着我，使四周擁塞的乘客的壓力不至於落在我纖瘦的身體上。可是母親的眼光像潭渾濁的污水，對我潑頭蓋臉地直澆過來。我眼前登時就成了漆黑的一片，眼前再也沒有了光亮，沒有了方向！我泅泳在這樣的污濁中，在絕望中窒息而淹沒，終於使我覺得我完完全全地淹沒在我母親的思緒中。我自家就變成了我的母親，我用我母親的思想來思想，用我母親的眼光來觀看我的父親和這個世界，我眼前的一切都黑了起來！」

「我可不要用我父親的眼睛來看我母親，來看任何人！」喬治說：「我要做一個擔得起自己生命的強者。我在東方學會了這個！東方幾幾乎奪去了我的生命，你們東方人給了我那麼多肉體和精神上的折磨，但東方人也解放了我的獸性，使我學會了憎恨與殘暴，使我瘋魔般地在他們身上宣洩着本不是因他們而生的積壓已久的憤恨。到頭來竟使我覺得到底是虧欠了你們！是！雖然我肉體上受了那種難以忍受的酷刑折磨，但一想到我所親眼目覩的在火海中焚燒着的無辜的兒童的軀體，像一條條在烈燄中炙烤的滴着熱油的臘腸，我就覺得虧欠了你們東方人太多了！」

「所以你想在東方人身上有所補償？」

「補償？什麼補償？用你這種婆婆邏輯的推理，你就永遠別想弄清楚人類眞實的心理狀態！」喬治倏地豎起了左眉，兩眼殺氣騰騰地連連眨動着。「你還記得吧？在柔道班裏，我們正好是對摔的一對兒。我那時候眞想把你摔個半死哩！」

我嗤地笑了一聲：「摔死我，也算是報了你的越共之仇了！」

「既不是爲補償，當然也不是爲了報仇！要報起仇來，人與人之間的仇恨還有完嗎？我要把你摔個半死，你自然也要把我摔個半死，那時候我就眞正感覺到和東方人之間建立起一種關係了。否則，人與人之間又有什麼痛癢？」

「我從不會想到這樣的關係！我本來以爲人與人之間的關係都出於一種好感……」

「好感？」喬治又聳起左眉，截斷了我的話：「要是只憑了好感，你就永不會跟別人發生眞正的關係。你想在這個世界上有幾個人可以給你好感？又有幾個人可以使你永遠保持一種好感？說句老實話，我第一次看見你的時候，不但對你沒有什麼好感，而且正相反，你叫我想起我最痛苦的回憶。」

「什麼最痛苦的回憶？」

喬治把他那帶着刑辱遺跡的灰黑指甲的兩手突然一下子舉到了我的眼前叫道：「這個！就是這個！當時圍繞着我的四五個越共，其中有一個高高的身材，有一副清善的面目。我心裏想，執刑的絕不會是這樣的一個人。看他的面目，絕不殘忍。誰知，後來執刑的其中一個就是他！他比另一個面目兇惡的扎得更深更狠！見到你，使我又想起這個人來。」

「我抱歉！實在抱歉！」

「可是我並沒有因此就憎恨你。」

「我們眞是截然不同的兩個人！我沒有你這種經驗，怎麼能有你這樣的感覺？你是打死裏過來的，我卻不曾—你似乎掌握着自己的命運，我也不行！你好像是你自己的主人，我卻只是隨波逐流，情受着命運的安排；來了的，我接受；不來的，我也無能爲力。有時候我覺得我只是躲在一個角落裏的旁觀者，我自己沒有足夠的勇氣和熱情參與任何事情，我覺得我和人之間阻障着一種無法穿透的幔幕。就是對有好感的人，我也提不起自動自主的熱情。不瞞你說，我第一次遇見你的時候，心中倒是有着十分的好感，可是我也沒有理你！」

「那次要不是我主動地跟你招呼，結果我們永遠不會相識，我們不會住在一起，也不會有今天的關係！」

「我也不知道爲什麼，我就是欠缺那種主動地追求的熱情和勇氣，我和這個世界之間總像阻隔着一種無法超越的迷障。我多麼想跳過去，看到我自已也活生生地像別人一樣生龍活虎地無所畏懼地……噢，天！我感覺我心中充滿了恐懼，恐懼着社會，恐懼着人羣，我懷着這種難以消弭的恐懼活在這個不屬於我的土地上。我只是我母親悲苦的心田中一粒不能見天日的種子！」

「你想我就全無恐懼嗎？」

「在那種殘酷的戰爭中，在死的脅迫下活轉過來的，畢竟是不同的吧？」

「不同？有什麼不同？生命一日在這裏，便一日侷限在你那有限的體殼內！」

喬治冷笑了一聲。「不過我所恐懼的跟你不同。我恐懼的不是這個社會，也不是別人，而是我自己！你知道嗎？我怕我自已會做出連自已都控制不了的事情來！」說着喬治微微地俯過身來，切齒地道：「要是現在我手中有一把槍，我就殺了他！」

我吃了一驚，急促地問：「誰？」

「我的父親！」

「殺你的父親？」

「我想過這個問題不知多少回了。照理在這個世界上沒有一個人有權利破壞另一個人的生命，可是到了非破壞不可的時候，不管殺死誰，你自己，還是別人，都沒有任何區別！」

「你瘋了，喬治！」

「要是兒子是父親生命的延續，一個人最有權利結束的生命，就該是你自己的父親的。」

「喬治，你眞的瘋了！」

「呸！別用這種假道學的眼光來看我好嗎？羅伯！你可知道在所有的戰爭中，死的都是年輕人，年老的一代卻是這些戰爭的策劃者、主謀者。說一句不中聽的話，戰爭的眞正的目的，無非是父親集體地謀殺兒子！天地間如果眞有一種所謂的『

正義』，與其讓做父親的殺死兒子，不如讓做兒子的殺死父親倒更合理些！」

「喬治！住口！你叫我喘不過氣來！」

「羅伯！你就是那種連一隻蒼蠅都拍不死的人！你可知道，死就是生！恨就是愛！父親死了，他仍然可以活在兒子的身體裏。如果不是因爲愛的緣故，一個人不會無端生恨的！你沒見過我的父親，你不可能想像到他那種情狀！就是你見過，因爲不是你自己的父親，你的感覺也不會一樣的。他每天一杯杯地把酒精灌下肚去，就是企圖慢慢地殺死自己。他只是缺少一下子結果自己的那種勇氣，所以只能慢慢地來，像拉着一把失去了銳刄的鋸子。除了拉這樣的鋸子，在生活中他已經失去了任何興味。他不會對越南的戰爭說一個『不』字！並不是他沒有膽量反抗尼克森或是詹森，而只是由於不關心別人的生死，包括他自己的兒子在內。他自己等死已經等得太久了，他哪裏還有心腸去關心別人！」

「可是你的父親不是已經死了嗎？」

「所以這一切都太遲了！他沒有給我對他說一句歹話的機會，就把我對他的恨帶入了墳墓。你看，現在我還有什麼方法讓他知道我恨他？因爲他從沒有愛過我，也許他也不曾愛過他自已。一個連自已都不愛的人，又怎麼能愛他的兒子！你看，積在這裏的憤恨一天天地膨脹着，只有在對越戰的回憶中才能稍稍得到舒解。我要去看我的祖母，她是這世間一個眞正愛過我的人。爲了我父親的緣故，連祖母都避而不見，是不公平的。跟我一起去吧，羅伯！雖然她使我想起我父親的面色，但她卻是個可愛的老人。一想起她的人來，似乎立刻聞到她做的蘋果餅的那種香甜；一聞到蘋果餅的香氣，整個的童年就又飛回到眼前來。遊蕩於蘋果園裏，那時竟好像早已夢想到汽油彈在越南的叢林裏燎燒的情景。在春日的嬌陽下，粉紅的蘋果花翩飛如雨，我卻囚禁在困獸的竹籠中，就在那蘋果園裏！你看我的手！你看！你看！這不是越共的罪行，是我父親，我父親早已經把削尖的竹籤揷進了我的心裏！」

喬治出其不意地奪住了我的手，使我差一點驚叫起來。

「你做我的父親！」喬治粗暴地說。

我吃了一驚，膽怯地問道：「你要做什麼？」

喬治一手把緊了我的手，另一隻打床下摸出一條黑油油的皮鞭遞在我的手中，嘶啞地道：「拿着！拿着！」說着就款卸了上衣，把赤裸的背朝我轉了過來。

「抽！」喬治咬着牙齒叫道：「使勁兒抽！重些！重些！你這個蠢球！我叫你重些！再施點勁兒！」

一條條血紅的血痕終於在光裸的背上展現了。我丟了皮鞭，痛苦地絞着自己的雙手。

喬治喘息着，臉上掛滿了瑩亮的汗珠，卻綻出了一個天眞的笑容。

「一國新生的嬰兒誕生了！」喬治說。

拉—古卡拉查—拉—古卜拉查——奴—卜得—卡米那——布奥克—拉—法勒達——布奥克—拉—法勒達——烏那—巴達—巴拉—卡米那……

孩子們淸脆的歌聲。

我正走下了一條鋪石的小街。不遠處矗立着一口石井，石欄砌得有半人高。三四個七八歲的墨西哥小女孩兒，一式地梳着烏黑墨亮的髮辮，辮上用紅綠的彩綢結出掌心大的蝴蝶結，在那裏唱着、跳着；跳着、唱着。

我走近了石井，低頭看去，原來是一個淸泉。淺底處正有一股泉水汩汩地噴流了出來，使水面滾盪着微波，然後不知流向何處去了。就在這石泉中，我看到自己映在水中的倒影，晃蕩着，破碎着。我也看到深沉在泉底的天空。我自家的影子就在這石泉中飛到了天上。我心想喝一口泉水，但可惜手中沒有任何汲水的工具。

我從石井邊抬起頭來，只見我的影子已經長長地拋在身前的石板地上，不知何時太陽已經西斜了。我的影子在我的面前似乎越拖越長。猛一回頭，就見一輪紅艷艷的夕陽掛在碧藍藍的天上，就像兩天前在阿哥布魯古看到的那一模一樣的一輪。跳水人的遒勁的手臂高高地舉向天空，渾身都被日光塗抹成古銅的顏色。面孔看也看不清楚，因爲人站在三百多公尺高的山巖上，只看準了一條窄窄的紅色泳褲。山巖上立了一個聖母的神龕，爲了保護每一個在這麼高的高空縱身入水的演出者。夕陽慵痴痴地落向巖巔。在那一輪紅艷艷的夕陽擦到山巖時，跳水人就禮拜了聖母，飛身擲下，像一隻迎着夕陽縱飛而去的鷗鳥。這時我的耳中響着的是柴可夫斯基「天鵝湖」中的兩個高低相睦的音符，就像我自己在塵寰中拔身而起。我突然間看到我自己展翅凌空的身影，隱沒在紅艷艷的夕陽中。

水花四濺，激奮的人潮爆出了一片震耳的掌聲。

「眞跳下去了嗎？」

「當然！當然！」琳達一疊連聲地說：「你就看不見嗎？一直地衝到海中。這樣的高度，怕不要墜到海面下十幾碼！你就看不見那一團飛爆起來的雪白的水花？」

「我只見那人跳到夕陽那裏，就朝着夕陽直飛而去了！」

「你想他是一隻海鷗嗎？要怎麼飛就怎麼飛的？」喬治譏諷地說。

「要是一旦跌在突出的岩石上？哇！這可要冒着多麼大的險啊！」

「你想生命是裝在保險櫃裏的寶嗎？」喬治以一種不屑口吻斜睨着我。我就閉緊了嘴，不再說什麼。

我再朝前走時，吃驚地發現我已來到這個小城的郊區。不遠處的岡坡下就是一片瓦礫荒場。在我內急了這麼半日的光景之後，總可以緩一口氣了。

我朝那片荒場走下去。這片荒場就是我們家旁的那一片。跟雅琴坐在瓦礫間看夕陽一點點地往下沉墜。我又回到了家了。

「是啊！回到家了！多少年你沒有回來了？你看，我也老了，雅琴也嫁人了。你要是沒出國，雅琴無論如何不會嫁到鄭家。這也怪不得雅琴哪！你人不在這裏，他父親病得厲害，她媽一個婦道人家有什麼主意？要不是靠了鄭家幫忙，一家人的生活可怎麼得了？你想她父親害得這種風癱，是好治的呢！長年累月地躺在床上，不死又不活！你能怪雅琴嗎？我就沒法子怪人家！你呢，信也不給人家來一封！人家一直都在惦着你。結婚的前一天，還跑來這裏對我大哭一場……」

「好了！好了！別再說」吧！反正你本來也是那麼厭惡着雅琴的，你還說她高顴薄唇的沒有福相！」

「總比個洋人好吧？你扒說！要是雅琴，總可以在這裏陪着我。要是你父親是個有良心的……」

「夠了！夠了！我們都是沒有良心的！」

我溜出大門，獨自在暗夜的小巷中急行，竟找也找不到一處可以停足的地方。往日跟雅琴一起散步的那一片荒場，已矗立起幾座高大的公寓。我忍不住地蹲下身去，就蹲在一處路燈照不到的公寓的角落裏。鼻涕眼淚是沖破堤岸的洪水，順着手指頭沖流了下來。

雅琴！雅琴！你還在我的心裏？不可能的吧！你怎麼還能夠在我的心裏？就是

你在乖乖地等着我，不曾嫁給姓鄭的，你也不能夠再在我的心裏了。連寫信的勁兒都提不起來，莫說再記掛着你這麼個人了！可是爲什麼心中竟感覺到一種椎心的隱痛？也許並不是爲了你，而是爲了我自己，爲了我遺忘在故土的一些什麼——烏沉沉的濃雲、幾莖脫葉的枯枝……我的記憶就這麼在顛簸中碎作片片。好幾回夢見自己是一棵樹，把根深深地扎入一片土裏，然後悚然發現脚下並不見一寸土！我只是立足於一片虛浮的雲氣上，在驚懼的狂呼中墜身而下。

「你又做了惡夢了！」琳達用力搖我，搖我。

我囈唔地醒轉過來，就感到琳達兩片火熱的唇。她的手在我的身體上到處摸索。我就突然粗暴地摟緊了她，努力進入她的身體中去。

「你是我的土！你就是我的土。」

「我是琳達，不是你的土！」她呻吟着，反駁着。

「不，你就是我的土！」我堅持地大叫，一棵樹似地把根猛扎下去。

我拉開褲前的拉鍊，面對着眼前的荒寂。有一陣小風吹在我的背上，是多日以來第一次感到的淸涼，但心裏頭卻湧出了一種無名的悽切。

琳達握起我的手，把我引入一扇高大的鐵門。

「你看，我的祖母就住在那一號房間，就是有一個看護剛剛從那裏出來的那一號。」

我們走進了那一號房，就看見一個兩頰塗抹了緋紅的紅胭脂的老女人，坐在一把輪椅裏，一手執着一面鏡，一手還在不停地把胭脂塗到她的已經緋紅了的臉頰上去。

「祖母！」琳達歡快地叫着。

「啊哈！」年老的女人抬起頭來。她的髮已經全白了，蓬鬆地在腦後挽了一個髻。她臉上到處都是皺褶的紋路，長着茸茸的細毛，嘴唇上也長了像鬚似的黑越越的一叢。她瞪視着琳達，眼內露出歡快的光燄。

「琳達！」她用尖細的小女孩的聲音叫着。

「祖母，這是羅伯！」

「啊哈！」老女人看了我一眼，又看一眼琳達，然後把眼光盯在我的身上：「哈囉！羅杰！」

「不是羅杰，是羅伯！」

「羅杰！」老女人堅持地說。

「祖母，這不是羅杰！」琳達委婉地解釋：「羅杰已經陣亡了，你知道的！他已經在越南的戰場上陣亡了！」

「羅杰，哈囉！」老女人拿起她的鏡子，繼續瞧着臉上的胭脂。

「祖母，我帶羅伯來看你，因爲我們……我們就要結婚了！」

「結婚？」老女人似乎不解地望着琳達，又望着我。

琳達的眼內突然地充滿了眼淚。

「她今天又不十分清楚呢！」說着就走了過去，吻在老女人的額角上。然後，拉起我的手來說：「我們走吧！」

我聽見老女人在我們的身後用着小女孩兒尖細的聲音「琳達！琳達！」地悽切地叫着。

面前的瓦礫堆上汪着一灘尿水。我拉起了褲鍊，一回頭，不禁驚呆在那裏。

一輪赤紅的落日嵌在山谷那邊起伏的丘陵間。就在這落日的輝映下，在我面前不及一百公尺的高地上，矗立着兩個高大的人影。我定了一定神，認清了還是原來跟踪我的那兩個傢伙。那個穿紫襯衫的，一手揷在褲袋裏。另外一個穿的是白襯衫，黃色卡其褲，兩手叉腰，仍然戴着草帽。落日的光彩照在他們的頭頂上，爲他們澆洒上了一環耀目的光輪。我們站在那裏，對望了好大一會兒。

我要折回原來的路上，非得經過他們身邊走上坡岸不可。我好像有種預感，今天有些事情是不可避免的了。要來的，終究要來，躲也躲不掉的。我就朝前走去。在我起步的時候，那兩個傢伙也飛快地溜下坡岸，悄無聲息地朝我迎來。

我的腦中轟地一聲膨脹了起來，好像血液一下子都沖到了頭上。這倒並不是完全出於害怕。害怕自是害怕，但在害怕之外還有一種強烈的刺激——一種純粹出於肉體上的刺激——我好像在野林裏驟然間遭遇到一頭彩色斑爛的花豹那般，面對着生死的威脅，你仍然可以感覺到牠的紋采之燦爛、毛色之光潔。而你的手在應該愛撫地摩挲過這般柔滑的毛皮的時候，卻要反手擊中牠的要害，置之於死地。這種刺激是超出於恐懼之上的。

在悄無聲息的沉寂中，我忽又聽見了那答答的滴水聲。我突然憶起了不曾扭緊浴室中的水喉。我正想翻身下床，琳達伸手拉住了我：

「不要管它，那滴的不是你的血！我只是要你知道，我們中間如果有什麼錯，那都是我的錯。我不該把你當做羅杰！你是你，羅杰是羅杰。不錯，我愛過羅杰，可是他現在已經不在人間了。他的魂丢在了東方，就是你來的地方。我敢說他要是像我愛他似地愛過我，他一定高興我從死去的愛中復活了過來——復活在恨的土壤中。我假想那個殺死羅杰的人就是你。你明白嗎？你就是殺死羅杰的那個東方人。那麼就讓我舐淨了你手上染着的羅杰的血，就讓我貞誠地擁抱你，就讓我把對你的恨轉化成愛，藉着你的殘暴獲得我的復生！」

「琳達，住口！我不要做羅杰的替身！」

「你不是羅杰的替身！羅杰已經死了，已經化做土石，化做無知無感的物質！也許在這個世界上根本就沒有一個羅杰，只有你，羅伯！對羅杰的一切，都是我的幻想。而只有羅伯才是眞實的！因爲你就在我的眼前。過去的不存在，未來的也不存在！看，我可以摸到你，感到你，你就在我的感覺中。只有現在這一刻才是眞實存在的。」

「你有你的現在，我卻沒有。我只有過去與未來。在我感到現在的時候，現在已經不在了，已經溜逝到無窮的過去中。」

「忘了你的過去！像我，像我，我不要什麼過去，也不要什麼未來！有現在這一刻，才有琳達，過去與未來都不在我的感覺之中。」

「過去是一個無底的黑洞，什麼現在、未來都無能抗拒地傾跌進去。我無法逃脫，我不知道現在在哪裏！」

「在這裏！在這裏！」

「我感不到現在。我要是一棵樹，也許我就有了現在。我要把你當做抓入這塊土中的根，也許我就可以有了現在。」

「我無法做你的根。我也是一種無根的草，在遠古的以色列的土地上冒生，然後吹落在四方。我是長在草莖上的一朵小花，有一日變成一顆種子，尋一塊芳香的土地墜落下去。」

「我永不會是一棵樹，因爲我足下沒有一片土。我只是一片半枯的落葉，隨風飄飛。風吹到東就到東，風吹到西就西。琳達，你在哪裏？」

「我在這裏！」

「你不在這裏，你在那邊。你不在我的感覺裏！我沒有感覺中的現在！」

這一百公尺的距離，我好像走了一生一世。我也好像覺得我的出生、這些年的努力求存，都不過是爲了今天這一個目的——這一個完完全全出乎我的意想之外的一個目的。我命定了要在今天——在這終要跌入過去的無底深洞裏的今天，跟這兩個素昧平生的陌生人，遭遇在這麼一片異國的荒涼的瓦礫上。

我們都停住了脚，在約莫二十公尺的距離上挺立着。沒有人開口，完全的沉寂。我知道語言是說不通的，唯一可以彼此溝通的只有眼睛和臉上的表情。

我終於第一次眞正仔細地看清楚這兩個人的臉。

那個穿紫襯衫的非常年輕，看樣子不會超過二十歲。他面色棕黑，兩條濃墨的長眉彎彎地飛入兩鬢裏去，眼睛裏閃露着炭墨的瑩光。鼻子挺直，鼻下是兩片薄薄用力抿起來的唇。一個尖削的下巴。兩頰相當削瘦，但是堅韌有力。

另一個穿白襯衫的年齡略大些，不過也不會超過二十五歲。面容較爲豐腴，膚色淡白，有一隻灰色的眼睛。嘴角稍向下彎，使他的表情透出幾分悽苦與魯鈍。

我的眼光再轉回到那個穿紫襯衫的臉上，發現這個傢伙像喬治一樣，每隔幾秒鐘就要着力擠一次眼睛。每擠一次以後，眼睛裏就閃出一種更明亮的光燄，十分鷙，左邊的眉毛也有往上挑動的習慣，也是個神經緊張的人。我看見這人的腮肉不時地緊繃一繃，好像正在狠狠地咬着牙齒。但從他的眼內，我讀不出這人的心思。那神情，叫我看起來，與其說是仇恨與報復，不如說是一種譏誚和戲弄的姿態。這卻也正是我所最不能忍耐的一種眼光、一種態度。因此我意識到我自家眼內的怒意也在一分分一寸寸地增長了起來。看了我的怒容以後，他的眼光變做了更爲冷峻的嘲弄。

我朝前走了兩步，停了下來。對方依然竚立在那裏，盯注着我。

我又朝前走過去，想不到——也可以說是意料之中的——那個穿紫衫的小伙子竟伸手阻住了我的去路，而且大膽地在我的胸上按了一把。

「你要做什麼？」我忽然用英語這麼大聲地喝問他。

那個穿紫衫的用西班牙語咕嚕了一句什麼，我是完完全全沒有聽得懂的。可是看了他那譏誚的容貌，就知道絕不是一句動聽的好話。我在這麼近的距離間瞪視着這個穿紫衫的人，一時間心中發生了一種奇想，想仔細看清楚他的臉上有沒有適才刮過的耳光所留下的我的指印子。這麼審視了一番之後，才發現這人的皮膚平滑之極，是一點一星兒指印的痕迹也不見的。我刮了他的耳光子，自然是太魯莽了些。可是我也十分不解的是何以爲此竟跟了我一個下午，直把我跟到這荒無人迹的瓦礫堆裏來？這一口氣，竟會有這麼大嗎？

我又朝前走去。又是一樣的手勢。然而這一回卻有些不同，因爲我的心中早已有了準備和策略。我猛一抬手，忽地一聲就掠開了阻擋我的手臂。誰知比我想像的更加快速的是那人的另一隻手已經抓上了我的右臂。我只有反轉手扣住了他抓住我右臂的他的左手腕，而且很自然地曲肘朝下一拐，使他半屈下身去。就在這時節，那個穿白衫的卻打我身後兩脅下伸出一雙粗手臂，兩手一下子在我脖頸的後頭合攏起來，猛壓我的脖子。使我不得不鬆了那個穿紫衫的手腕，來全力對付身後的這一個敵人。因此就給了穿紫衫的一個機會，衝上來把我攔腰抱住。他身上發散的一股酸膩的汗氣直衝到我的臉上來。

周身廻旋起模糊的白色身影，身邊響着隱隱的斷喝聲。喬治扭住了我的腕，一反身就把我摔了下去。我的頭痴重地撞在鋪了軟墊的地板上，任軟墊的阻隔，也發出轟然的一聲巨響。我以爲我的腦袋摔開了瓢了。喬治卻呵呵地暴笑着，把皮鞭遞在我的手中，血痕便立時一條條地在赤裸着的背上展現出來。

我摔在地下，膝蓋上、大腿上重重地挨了好幾腳。那種尖頭的墨西哥的皮靴踢在身上，一下是一下。肌膚的疼痛也可叫人發狂的。我傾力飛起一脚，那個穿紫衫的滾出了好幾尺，額頭撞在瓦礫上，撞出了一片血痕。我剛一站起身來，頭上就挨了白衫人一記好的，可是並沒有把我擊倒。倒是我還手一擊，重重地落在白衫人的肩背上，使他朝前撲跌下去。那頂墨西哥的草帽滴溜溜地脫飛而去，在微風中陀螺似地旋轉不停。紫衫人一摸額頭，沾了一手血迹，登時眼就紅了，一挺身又反撲過來。我一閃身，照樣又是肩背上重重地一擊。紫衫人就朝我的身後直撲了下去，仍然撲跌在瓦礫堆上。我的腿卻又給白衫人緊緊地抱住。我一時竟沒有法子抽脫出來，只有伏下身兩手揪住那人的前胸着力一提，哧啦一聲就把那人的襯衫撕成了兩截，卻不曾把那人揪了起來。我感到身後又已給人緊緊抱住。在就要被紫衫人摔落下去的時候，我抓住了那一襲紫衫，把他的前襟撕裂了一塊，因此也就幸而沒有跌落在地下。卻無意中把一條腿從另一個人的拖抱中掙了出來，使我得到了一個最佳的機會，一腳踢在那白衫人的小腹上。那人抱着小腹鬼叫嗷嗷地滾了幾匝。我的頭上卻又挨了紫衫人沉重的一擊，我也立不住脚地朝前撲跌了下去。我的錢夾從褲袋裏滑了出來，躺在瓦礫上，沒有人再去理睬。紫衫人又衝了過來。我一個翻身滾，再飛起一脚，用出了我所有剩餘的力氣，踩上了他正朝我衝來的胸腹。紫衫人噔噔噔地猛退了三步，一屁股跌坐在瓦礫上。

我喘着粗氣，只覺手脚無不鬆軟。但終於得到了一個脫身的機會。然而就在這時，我忽然瞥見紫衫人刷地一下打他的黑靴中拔出了一把半尺長的匕首！匕首！匕首!!匕首!!!匕首在夕陽的餘暉中發出侵膚的寒光！我一時楞住了，拿不定主意應該迎上前去，還是返身逃跑。就在這一時，我突感胸口間一陣尖利的刺痛，我自己箕張着的雙手逐漸地合攏，握在了匕首的柄上。

應該發生的終於發生了，倒好像早已預感到這一種結局。我已經走過了好長的一段路，好像所有的路程都是為了鋪向這一個命定的結局。面對着一片燦爛的夕陽的光輝，我仍然看得見那躺在地上被我踢痛了肚子的半裸的人，慢慢地爬起身來。

也看得見那穿紫衫的傢伙那張尖瘦的臉上佈滿了慌急的情色，把沾了血跡的兩手半舉在胸前。他的破裂了的紫衫上也濺了血。他顯然是嚇傻了，半張着嘴，一步步地後退。我望着那一張由慌急而變做驚怖的臉，好像是喬治正在掙扎着從鯊魚的口中奪命一般地飛逃而去。

夕陽的光燄一點點地淡落下去。

我握起了琳達的手，把戒指套上她的無名指。我注視着她清澈的灰藍眼眸，弄不清那表情是沉思，還是茫然。也許琳達的眼中反射的正是我自己的心緒。我覺得自己正飄流在茫茫的大海中，雖然精力充沛，無奈不知朝那一個方向游才會到岸，因此心中充滿了懼悸。在伸手亂抓的時候，就湊巧抓住了琳達的一隻手。這隻手從顧德曼先生的手中接了過來，我的心也就沉了下去。顧德曼蹙着眉，一臉憂慼。但他冷峻的小眼睛卻機警地窺伺着，好似一心要看穿了我的心腹，然後就可以粗暴地打我的手中把琳達再奪了回去。然而顧德曼卻意外地沉默着。站在我身旁的伴郎喬治也沉默着。一切的人都沉默着，只聽牧師一人滔滔地唸誦，竟似衆人設就的一個圈套，叫我無能抗拒地把頭伸了進去。我吻上了新娘的唇。琳達閉上了眼睛，使我看不見她這時的感覺。我的眼光卻穿過了時空，看到一張圓乎乎的臉，抿着兩片薄薄的唇，炭樣的眼眸中看不出含着的憂慼還是怨尤。就是這一雙眼睛！就是這一雙眼睛總躲在我心中某一個暗角裏向我窺伺。就在這眼眸中，我看見了這一副怯的人。那是我！那是我!!那是我!!!

為什麼不在那時候就叫我看明白了我的肚腸？

「原諒我！琳達！原諒我！現在我才明白了！」

「明白了什麼？」

「要是你眞有一扇明亮的窗，要是你不那麼恨你的後母……」

「我有一面窗，人人都有一面窗，只是閉着的眼睛就什麼也看不見的。」

「可是我看見你站在我的面前，你雙手握着這刀柄，你手上有血！」

「是！我手上有血！摸摸我的手，我的手是熱的！」

「是！你的手是熱的！都是熱的！」

「你看！你也終於有了你的現在！」她喃喃地說：「摟緊我！摟緊我！你的命，也就是我的命！你的死，也就是我的生！」

「我明白！我明白！我一切都明白!!命是你給的，當然你也可以取去。」

「我就是等的這一天哪！」我母親一臉憂慼愁苦，兩手吃力地把匕首揷入我的心中。

「呵！呵！……」

「痛嗎？」她住了手。「你可知道，人生只有痛苦，沒有歡樂！你外祖父給我的是痛苦，你祖母給我的也是痛苦。實指望你父親會對我好一點，到頭來他比誰都可惡！這樣的生活，生不如死。刺在兒身，就如刺在娘心，你知道嗎？若不是爲了你，我早就跳進大海裏去了。全是爲了你，我才吃這麼多苦頭！現在，你看，這有多好！有多好！」

她雙手抖索索地把匕首吃力地推進去，推進去。我第一次在她的臉上看到了一抹從未見過的笑容。我心中也第一次產生了一種十分十分眞切的快感。我一張口，就有一股血漿激噴了出來，直噴在我母親的臉上。耳旁卻響起答答的滴水聲。忽然記起忘懷了扭緊浴室中的水喉。水就要流淨了。我瞇了眼，俯望見一滴滴鮮紅的血漿正從我緊握刀柄的手上答答地滴落在瓦礫裏，凝成了無數廻旋的紅裙。黑色髮辮的女孩，塗了臙脂的腮和唇。男士們都是一式的白粗布衣褲，頭戴寬大的草帽，足登黑色的尖頭皮靴，兩手交叉在身後，把地跺得噔噔亂響。女孩們把紅裙旋開來，旋成了一輪輪的紅艷艷的夕陽。

「我夢見我自已走在一個森林裏。高大茂密的樹遮得不見天日。我覺得我只是一個小小的小孩子，大概只有五六歲那麼大小。我不知道方向，我也不知道我在哪裏，我只有在陰暗的森林裏尋找我的祖母，祖母已經不見了，永遠消失在過去的黑暗中。我的心中變成了一片空茫。啊！忽然我看見了我祖母睡過的那張頂子大床，啊！就是那張！床孤零零地擱在一個山巖上。床頂上沿着四條床柱倒垂下來開着白色碎花的蔦蘿。白色的紗幔跟蔦蘿的鮮綠的葉子都在微風中無聲的飄動。那跳水人赤裸裸地睡在上頭。可是他睡的只是一半，另一半睡着赤裸着的琳達。他朝琳達伸過手去，卻什麼也觸摸不到。他側臉下望，訝然發現原來他跟琳達的中間竟隔着一條天塹。床從中切做了兩半，他睡的是這一半，琳達的是另一半。探頭垂視，似見一條蔭綠的溪水潺潺地流過。溪水中漂浮着幾具慘白的骷髏，載沉載浮。」

我伸過手去，琳達也伸過手來，可是我觸到的卻是一片空虛。我們都張了口，無聲地嘶喊着。我們都攀了床柱，做出極大的超越的努力，可是我們仍然觸接不到彼此的手。大粒的汗珠掛滿了我們的額頰。一切都是徒然！突然我狠了心，用力一躍，就滑出了床沿，頭下脚上地朝天塹的谷底直跌下去。

我終於墜身在我所恐懼着的無底的暗穴中。我覺得我的身體在倏然飄墜中，先是一片黑暗，逐漸地有些亮光透顯了出來。迷茫中我看見了鸚鵡頭上高聳着一叢紅彤彤的羽冠。自羽冠而下是　條渾圓的渾圓的渾圓的弧線，直接到牠彎曲的喙那裏。在牠不時一張一合的喙中，露出一條肉紅而厚實的舌。陽光照得一切都像曝光過了度的照片，我竟走回到旅館的長廊中——寂靜得闃無聲息的夏午的長廊。柱影與花影輕煙似地抛擲在紅磚地上。我看見我自己走在長廊中的身影。我既然看得到我自己，那個看到我自己的自己又在哪裏呢？也許我這個自己是並不存在的。我走在柱影與花影中，我聽不見我自已的足聲。我走到門前，輕輕一推，門就呀然而開。對面長窗上的紗幕立刻被氣流鼓蕩了起來。在蕩起的紗幕下方，在奶白色的地毯上，我看到兩個赤白的人體。下面的是琳達，上面的是喬治。他們彼此廝咬着、喘息着，正達到了性的高潮。我朝他們走過去。我感到我的脚下軟軟地踏在喬治的背上，腳下可以感到喬治肌膚的炙熱。幾滴鮮紅的血漿從我的胸口流洩到他們赤白潔淨的身體上。我只軟軟地踏過他們的身體，並不曾驚動他們分毫。我心中寬舒地想道：「一個新生的嬰兒誕生了！」

我遂打那鼓蕩着紗幕的長窗中穿窗而出。

窗外是一片大光明，像一片無邊無際的光海。就在那光海的深處，映着一輪紅艷艷的**夕陽**。

快看！快看！不然一切都太遲了！夕陽一下，將是無盡期無盡期無盡期的**暗夜**。我忽覺我就是那跳水人，從我所居身的世界裏，直向那一輪紅艷艷的**夕陽**投身而去！

一九八一年四月十四日第三次修改稿

原載一九八二年《現代文學》復刊第十九期

象徵文學與文學象徵（代後記）

我不是一個敝箒自珍的人，平常對已發表過的作品，不忍再去重讀。我們都在時空的局限中生活，時空一變，心境也隨之改變，於是情感改變了，思緒改變了，意念也改變了。這時候面對自己過去的作品，所見到的常常只是其中的瑕疵和缺點，便覺得與其對過去沉緬回思，不如另闢蹊徑，再開創一個新局面出來。

但是這次對《海鷗》集中所收的作品卻懷着兩樣的心情。在時間上《海鷗》中的第一篇〈癌症患者〉（原收入一九七五年中國時報出版公司出版高信疆編《當代中國小說大展》中）寫於一九七四年，最後一篇〈奔向那一輪紅艷艷的夕陽〉（原載一九八二年十二月出版姚一葦編《現代文學》十九期）則改寫完稿於一九八一年，前後相距七年之久。在這七年中寫過不少短篇和長篇小說，其中有一個最大的主題，就是對「自由」的追趨。在這許多長短篇小說中，只有《海鷗》中所收的幾篇，對這一個主題，作出了具體的形象化的象徵。做爲另一次實驗性的作品，這幾篇小說涵蓋了七年中我在文學創作上所做出的努力。因此我自己曾一再重讀，借以面對那個時期中蘊藏在自己意識潛層中的一些模糊而黝黯的陰影，深覺得小說中的象徵形象，只不過是深不可測的潛意識的汪洋大海中所偶然浮現的一點可資啓發辨識自我存在的靈明。

象徵主義的早期詩人，自一八八六年在法國《費加羅》（*Figaro*）日報上發表宣言以來，總給人一種頹廢者（decadents）的印象；這種印象毋寧來自此一羣反成俗的年輕人當日頗引以爲榮的一種自取的反諷式的頭銜。但時過境遷，他們的叛逆行徑早已埋藏進歷史的塵埃中，只留下經時光篩濾而來的金珠詩句。

其實，文字本身就是一種符號。抽象的符號所涵蘊的意念與具象的圖景所象徵的內涵，具有同等的意義。因此，廣義地說，文學原是一種象徵性的藝術媒體；也只有在象徵的層次上才更能夠完善地達成文學的藝術使命。以模擬爲出發點的寫實主義，到了後來便顯露出死寂泥椗的缺陷，因此後期寫實的作品，無不與象徵主義合流。晚期的易卜生是如此，契訶夫是如此，魯迅一開始就如此，喬艾斯是如此，當代的讓・惹奈（Jean Genet）也是如此。所以文字的藝術，從先天上便決定了貴在創造而不尚模擬的天職。所謂創造，指的就是「意象」（圖景）的創造，「意義」（文字）的創造和「意境」（情韻與風格）的創造，三者均與象徵有關。這是種一代代永不會停歇，也永不會涸竭的藝術上的追求，也就是所謂的“le symbolisme qui cherche”。

但是象徵主義的末流則不是「意象」、「意義」和「意境」的創新，而是象徵符號的濫用。換一句話說，不是運用象徵從事文學藝術的創造，而是對前人象徵符號的模擬。一再把習用的「意象」、「意義」和「意境」重複復重複，而不能在意象上創製新象，在文字上創製新義，在風格情韻上開創新境，那麼便容易把象徵的文學驅入了一條無路可出的死衚衕。

如果文學本具有象徵的意蘊，便只有在具體的意象中才更容易體悟出抽象的內涵。屈子的依詩取興引類譬喻，固然心有所寄難以直言，長吉、義山的意隱而辭彰，則是文字藝術的有心探索。但丁曾言：

No object of sense in the whole world is more worthy to be made a type of God than the sun (Convito III, 12).

即因太陽比世間任何事物都更具體可見，而神明卻是神秘不可測的。那麼對潛意識層面的發掘和無以描摹的情境的呈露，捨文學象徵，便無能爲力了。

因此之故，《海鷗》中的幾篇小說，都以海鷗做爲某種潛在情意的表徵，而共同的徵象則是超越自我對無限自由的嚮往與追求。這種共同明確的符號所傳達的訊息，是有意而爲的，自不能涵蓋其他無意而爲的較爲隱晦的徵象，所以海鷗這一具體的形象既是一個做爲溝通媒介的顯明的符號，也是一句神秘而無能即悟的暗語，指向了意識層面以下的深不可測的淵海。作者與讀者都會失身湮沒在這渺茫無垠的淵海之中。然而這淵海才是所有過去的、現在的和未來的作者從事創作的共同源泉。

在這一層意義上，文學永遠是象徵的藝術，而也永遠不會捨棄象徵的功用。以頹廢聞名的象徵主義文學雖早已成爲歷史的陳迹，但文學中的象徵卻永遠長存。

一九八四年四月十日

馬森著作目錄

一、學術論著及一般評論

《莊子書錄》，台北：台灣師範大學國文研究所集刊，第二期，一九五八年。
《世說新語研究》，台北：台灣師範大學國文研究所，一九五九年。
《馬森戲劇論集》，台北：爾雅出版社，一九八五年九月。
《文化・社會・生活》，台北：圓神出版社，一九八六年一月。
《東西看》，台北：圓神出版社，一九八六年九月。
《電影・中國・夢》，台北：時報文化出版公司，一九八七年六月。
《中國民主政制的前途》，台北：圓神出版社，一九八八年七月。
馬森、邱燮友等著《國學常識》，台北：東大圖書公司，一九八九年九月。
《繭式文化與文化突破》，台北：聯經出版公司，一九九〇年一月。
《當代戲劇》，台北：時報文化出版公司，一九九一年四月。
《中國現代戲劇的兩度西潮》，台南：文化生活新知出版社，一九九一年七月。
《東方戲劇・西方戲劇》（《馬森戲劇論集》增訂版），台南：文化生活新知出版社，一九九二年九月。

《西潮下的中國現代戲劇》（《中國現代戲劇的兩度西潮》修訂版），台北：書林出版公司，一九九四年十月。

馬森、邱燮友、皮述民、楊昌年等著《二十世紀中國新文學史》，板橋：駱駝出版社，一九九七年八月。

《燦爛的星空——現當代小說的主潮》，台北：聯合文學出版社，一九九七年十一月。

《戲劇——造夢的藝術》，台北：麥田出版社，二〇〇〇年十一月。

《文學的魅惑》，台北：麥田出版社，二〇〇二年四月。

《台灣戲劇——從現代到後現代》，宜蘭：佛光人文社會學院，二〇〇二年六月。

《中國現代戲劇的兩度西潮》再修訂版，台北：聯合文學出版社，二〇〇六年十二月。

〈台灣實驗戲劇〉，收在張仲年主編《中國實驗戲劇》，上海：上海人民出版社，二〇〇九年一月，頁一九二—二三五。

《台灣戲劇——從現代到後現代》（增訂版），台北：秀威資訊科技，二〇一〇年十二月。

《戲劇——造夢的藝術》（增訂版），台北：秀威資訊科技，二〇一〇年十二月。

《文學的魅惑》（增訂版），台北：秀威資訊科技，二〇一〇年十二月。

《文學筆記》，台北：秀威資訊科技，二〇一〇年十二月。

《與錢穆先生的對話》，台北：秀威資訊科技，二〇一一年五月。

《文化・社會・生活》，台北：秀威資訊科技公司，二〇一一年九月。

二、小說創作

馬森、李歐梵《康橋踏尋徐志摩的蹤徑》，台北：環宇出版社，一九七〇年。

《法國社會素描》，香港：大學生活社，一九七二年十月。

《生活在瓶中》（加收部分《法國社會素描》），台北：四季出版社，一九七八年四月。

《孤絕》，台北：聯經出版公司，一九七九年九月，一九八六年五月第四版改新版。

《夜遊》，台北：爾雅出版社，一九八四年一月。

《北京的故事》，台北：時報文化出版公司，一九八四年五月，一九八六年七月第三版改新版。

《海鷗》，台北：爾雅出版社，一九八四年五月。

《生活在瓶中》，台北：爾雅出版社，一九八四年十一月。

《巴黎的故事》（《法國社會素描》新版），台北：爾雅出版社，一九八七年十月。

《孤絕》（加收《生活在瓶中》），北京：人民文學出版社，一九九二年二月。

《巴黎的故事》，台南：文化生活新知出版社，一九九二年二月。

《夜遊》，台南：文化生活新知出版社，一九九二年九月。
《M的旅程》，台北：時報文化出版公司，一九九四年三月（紅小說二六）。
《北京的故事》，台北：時報文化出版公司，一九九四年四月（新版、紅小說二七）。
《孤絕》，台北：麥田出版社，一〇〇〇年八月。
《夜遊》，台北：九歌出版社，一〇〇〇年十二月。
《夜遊》（典藏版）台北：九歌出版社，二〇〇四年七月十日。
《巴黎的故事》，台北：印刻出版社，二〇〇六年四月。
《生活在瓶中》，台北：印刻出版社，二〇〇六年四月。
《府城的故事》，台北：印刻出版社，二〇〇八年五月。
《孤絕》（最新增訂本），台北：秀威資訊科技，二〇一〇年十二月。
《夜遊》（最新增訂本），台北：秀威資訊科技，二〇一〇年十二月。
《M的旅程》（最新增訂本），台北：秀威資訊科技，二〇一一年三月。
《北京的故事》（最新增訂本），台北：秀威資訊科技，二〇一一年三月。

三、劇本創作

《西冷橋》（電影劇本），寫於一九五七年，未拍製。

《飛去的蝴蝶》（獨幕劇），寫於一九五八年，未發表。

《父親》（三幕），寫於一九五九年，未發表。

《人生的禮物》（電影劇本），寫於一九六二年，一九六三年於巴黎拍製。

《蒼蠅與蚊子》（獨幕劇），寫於一九六七年，發表於一九六八年冬《歐洲雜誌》第九期。

《一碗涼粥》（獨幕劇），寫於一九六七年，發表於一九七七年七月《現代文學》復刊第一期。

《獅子》（獨幕劇），寫於一九六八年，發表於一九六九年十二月五日《大眾日報》「戲劇專刊」。

《弱者》（一幕二場劇），寫於一九六八年，發表於一九七〇年一月七日《大眾日報》「戲劇專刊」。

《蛙戲》（獨幕劇），寫於一九六九年，發表於一九七〇年二月十四日《大眾日報》「戲劇專刊」。

《野鵓鴿》（獨幕劇），寫於一九七〇年，發表於一九七〇年三月四日《大眾日報》「戲劇專刊」。

《朝聖者》（獨幕劇），寫於一九七〇年，發表於一九七〇年四月八日《大眾日報》「戲劇專刊」。

《在大蟒的肚裡》（獨幕劇），寫於一九七二年，發表於一九七六年十二月三—四日《中國時報》「人間副刊」，並收在王友輝、郭強生主編《戲劇讀本》，台北：二魚文化，頁三六六—三七九。

《花與劍》（二場劇），寫於一九七六年，未發表，收入一九七八年《馬森獨幕劇集》，台北：聯經出版公司；一九八七年《腳色》，台北：聯經出版公司；並選入一九八七年林克歡編《台灣劇作選》，北京：中國戲劇出版社；一九八九《中華現代文學大系》（戲劇卷壹），台北：九歌出版社，頁一〇七—一三五；一九九三年十一月北京《新劇本》第六期（總第六十期）「93中國小劇場戲劇展暨國際研討會作品專號」轉載，頁十九—廿六；一九九七年英譯本收入*Contemporary Chinese Drama*, translated by Prof. David Pollard, Hong Kong, Oxford university Press, pp. 253-374，二〇〇七年劉厚生等編《中國話劇百年劇作選》，北京：中國對外翻譯社。

《馬森獨幕劇集》，台北：聯經出版公司，一九七八年二月（收進《一碗涼粥》、《獅子》、《蒼蠅與蚊子》、《弱者》、《蛙戲》、《野鵓鴿》、《朝聖者》、《在大蟒的肚裡》、《花與劍》等九劇）。

《腳色》（獨幕劇），寫於一九八〇年，發表於一九八〇年十一月《幼獅文藝》三二三期「戲劇專號」。

《進城》（獨幕劇），寫於一九八二年，發表於一九八二年七月廿二日《聯合報》副刊。

《腳色》，台北：聯經出版公司，一九八七年十月（《馬森獨幕劇集》增補版，增收進《腳色》、《進城》，共十一劇）。

《腳色——馬森獨幕劇集》，台北：書林出版公司，一九九六年三月。

《美麗華酒女救風塵》（十二場歌劇），寫於一九九〇年，發表於一九九〇年十月《聯合文學》七二期，游昌發譜曲。

《我們都是金光黨》（十場劇），寫於一九九五年，發表於一九九六年六月《聯合文學》一四〇期。

《我們都是金光黨／美麗華酒女救風塵》，台北：書林出版公司，一九九七年五月。

《陽台》（二場劇），寫於二〇〇一年，發表於二〇〇一年六月《中外文學》三十卷第一期。

《窗外風景》（四圖景），寫於一〇〇一年五月，發表於二〇〇一年七月《聯合文學》二〇一期。
《蛙戲》（十場歌舞劇），寫於一〇〇二年初，台南人劇團於二〇〇二年五月及七月在台南市、台南縣和高雄市演出六場。
《雞腳與鴨掌》（一齣與政治無關的政治喜劇），寫於二〇〇七年末，二〇〇九年三月發表於《印刻文學生活誌》。
《馬森戲劇精選集》（收入《窗外風景》、《陽台》、《我們都是金光黨》、《雞腳與鴨掌》、歌舞劇版《蛙戲》、話劇版《蛙戲》及徐錦成〈馬森近期戲劇〉、陳美美〈馬森「腳色理論」析論〉兩文），台北：新地文學出版社，二〇一〇年三月。
《花與劍》（中英對照重編本），台北：秀威資訊科技，二〇一一年九月。
《蛙戲》（話劇及歌舞劇版重編本），台北：秀威資訊科技，二〇一一年十月。
《腳色》（重編本、收入《腳色》、《一碗涼粥》、《獅子》、《蒼蠅與蚊子》、《弱者》、《野鵓鴿》、《朝聖者》、《在大蟒的肚裡》、《進城》九劇），台北：秀威資訊科技，二〇一一年十一月。

四、散文創作

《在樹林裏放風箏》，台北：爾雅出版社，一九八六年九月。
《墨西哥憶往》，台北：圓神出版社，一九八七年八月。
《墨西哥憶往》，香港：盲人協會，一九八八年（盲人點字書及錄音帶）。
《大陸啊！我的困惑》，台北：聯經出版公司，一九八八年七月。
《愛的學習》（《在樹林裡放風箏》新版），台南：文化生活新知出版社，一九九一年三月。
《馬森作品選集》，台南：台南市立文化中心，一九九五年四月。
《追尋時光的根》，台北：九歌出版社，一九九九年五月。
《東亞的泥土與歐洲的天空》，台北：聯合文學出版社，二〇〇六年九月。
《維城四紀》，台北：聯合文學出版社，二〇〇七年三月。
《旅者的心情》，上海：上海人民出版社，二〇〇九年一月。
《漫步星雲間》（《愛的學習》新版），台北：秀威資訊科技，二〇一一年四月。
《大陸啊！我的困惑》，台北：秀威資訊科技，二〇一一年四月。
《台灣啊！我的困惑》，台北：秀威資訊科技，二〇一一年五月。

五、翻譯作品

馬森、熊好蘭合譯《當代最佳英文小說》導讀一（用筆名飛揚），台南：文化生活新知出版社，一九九一年七月。

馬森、熊好蘭合譯《當代最佳英文小說》導讀二（用筆名飛揚），台南：文化生活新知出版社，一九九一年十月。

《小王子》（原著：法國•聖德士修百里，譯者用筆名飛揚），台南：文化生活新知出版社，一九九一年十二月。

《小王子》，台北：聯合文學出版社，二〇〇〇年十一月。

六、編選作品

《七十三年短篇小說選》，台北：爾雅出版社，一九八五年四月。

《樹與女——當代世界短篇小說選（第三集）》，台北：爾雅出版社，一九八八年十一月。

馬森、趙毅衡合編《潮來的時候——台灣及海外作家新潮小說選》，台南：文化生活新知出版社，一九九二年九月。

馬森、趙毅衡合編《弄潮兒——中國大陸作家新潮小說選》，台南：文化生活新知出版社，一九九二年九月。

馬森主編，「現當代名家作品精選」系列（包括胡適、魯迅、郁達夫、周作人、茅盾、丁西林、沈從文、徐志摩、丁玲、老舍、林海音、朱西甯、陳若曦、洛夫等的選集），台北：駱駝出版社，一九九八年六月。

馬森主編《中華現代文學大系一九八九—二〇〇三・小說卷》，台北：九歌出版社，二〇〇三年十月。

七、外文著作

1963 *L'Industrie cinématographique chinoise après la sconde guèrre mondiale*（論文）,Institut des Hautes Études Cinémathographiques, Paris.

1965 "Évolution des caractères chinois" , *Sang Neuf*（Les Cahiers de l'École Alsacienne, Paris）, No.11,pp.21-24.

1968 "Lu Xun, iniciador de la literatura china moderna" ,*Estudio Orientales*, El Colegio de Mexico, Vol.III,No.3,pp.255-274.

1970 "Mao Tse-tung y la literatura:teoria y practica" , *Estudios Orientales*, Vol. V,No.1,pp.20-37.

1971 "La literatura china moderna y la revolucion" , *Revista de Universitad de Mexico*, Vol.XXVI, No.1, pp.[illegible]5-24.

"Problems in Teaching Chinese at El Colegio de Mexico" , *Journal of the Chinese Language Teachers Association in North America*, Vol.VI, No.1, pp.23-29.

La casa de los Liu y otros cuentos（老舍短篇小說西譯選編）, El Colegio de Mexico, Mexico, 12[illegible]p.

1977 *The Rural People's Commune 1958-65: A Model of Social and Economic Development* (Dissertation of Ph.D. of Philosophy at University of British Columbia, Canada).

1979 "Water Conservancy of the Gufengtai People's Commune in Shandong" (25-28 May , The Annual Conference of Association for Asian Studies).

1981 "Kuo-ch'ing Tu: *Li Ho* (Twayne's World Series), Boston, Twayne Publishers, 1979" ,

Bulletin of SOAS, University of London, Vol. XLIV, Part 3, pp.617-618.

"*The Drowning of an Old Cat and Other Stories*, by Hwang Chun-ming (translated by Howard Goldblartt), Bloomington, Indiana University Press,1980", *The China Quarterly*, 88, Dec., pp.707-08.

1982 "Jeanette L. Faurot (ed.): *Chinese fiction from Taiwan: Critical Perspectives*, Bloomington: Indiana University Press, 1980", *Bulletin of the SOAS*, Unversity of London, Vol. XLV, Part 2, pp.383-384.

"Martine Vellette-Hémery: *Yuan Hongdao (1568-1610): théorie et pratique littéraires*,Paris, Collège de France, Institut des Hautes Études Chinoises, 1982", *Bulletin of the SOAS*, Unversity of London, Vol. XLV, Part 2, p.385.

1983 "Nancy Ing (ed.): *Winter Plum: Contemporary Chinese Fiction*, Taipei, Chinese Nationals Center,1982", *The China Quarterly*, pp.584-585.

1986 "*Contemporary Chinese Literature: An Anthology of Post-Mao Fiction and Poetry*, edited with an Introduction by Michael S. Duke for the Bulletin of Concerned Asian Scholars, New York and London, M. E. Sharpe Inc., 1985", *The China Quarterly*, pp.51-53.

1987 "L'Ane du père Wang", *Aujourd'hui la Chine*, No.44, pp.54-56.

1988 "Duanmu Hongliang: *The Sea of Earth*, Shanghai, Shenghuo shudian, 1938", *A Selective Guide to Chinese Literature 1900-1949*, Vol.1 The Novel, edited by Milena Dolezelova-Velingerova, E. J. Brill, Leiden. New York, København Köln, pp.73-74.

"Li Jieren: *Ripples on Dead Water*, Shanghai, Zhong hua shuju, 1936", *A Selective Guide to Chinese Literature 1900-1949*, Vol.1, The Novel, edited by Milena Dolezelova-Velingerova, E. J. Brill, Leiden. New York, København Köln, pp.116-118.

"Li Jieren: *The Great Wave*, Shanghai, Zhong hua shuju, 1937", *A Selective Guide to Chinese Literature 1900-1949*, Vol.1, The Novel, edited by Milena Dolezelova-Velingerova, E. J. Brill, Leiden. New York, København Köln, pp.118-121.

"Li Jieren: *The Good Family*, Shanghai, Zhonghua shuju, 1947", *A Selective Guide to Chinese Literature 1900-1949*, Vol.2, The Short Story, edited by Zbigniew Slupski, E. J. Brill, Leiden. New York, København Köln, pp.99-101.

"Shi Tuo: *Sketches Gathered at My Native Place*, Shanghai, Wenhua shenghuo chu banshee, 1937", *A Selective Guide to Chinese Literature 1900-1949*, Vol.2, The Short

Story, edited by Zbigniew Slupski, E. J. Brill, Leiden. New York, København Köln, pp.178-181.

"Wang Luyan: *Selected Works by Wang Luyan*, Shanghai, Wanxiang shuwu, 1936", *A Selective Guide to Chinese Literature 1900-1949*, Vol.2, The Short Story, edited by Zbigniew Slupski, E. J. Brill, Leiden. New York, København Köln, pp.190-192.

1989 "Father Wang's Donkey"（translated by Michael Bullock）, *PRISM International*, Canada, Vol.27, No.2, pp.8-12.

"The Theatre of the Absurd in Mainland China: Gao Xingjian's *The Bus Stop*", *Issues & Studies*, National Chengchi University, Vol.25, No.8, pp.138-148.

1990 "The Celestial Fish"（translated by Michael Bullock）, *PRISM International*, Canada, January 1990, Vol.28, No.2, pp.34-38.

"The Anguish of a Red Rose"（translated by Michael Bullock）, *MATRIX*（Toronto, Canada）, Fall 1990, No.32, pp.44-48.

"Cao Yu: *Metamorphosis*, Chongqing, Wenhua shenghuo chubanshe, 1941", *A Selective Guide to Chinese Literature 1900-1949*, Vol.4, The Drama, edited by Bernd Eberstein, E. J. Brill, Leiden. New York, København Köln, pp.63-65.

"Lao She and Song Zhidi: *The Nation Above All*, Shanghai Xinfeng chubanshe, 1945",*A Selective Guide to Chinese Literature 1900-1949*, Vol.4, The Drama, edited by Bernd Eberstein, E. J. Brill, Leiden. New York, København Köln, pp.164-167.

"Yuan Jun: *The Model Teacher for Ten Thousand Generations*, Shanghai, Wenhua shenghuo chubanshe, 1945", *A Selective Guide to Chinese Literature 1900-1949*, Vol.4, The Drama, edited by Bernd Eberstein, E. J. Brill, Leiden. New York, København Köln, pp.323-326.

1991 "The Theatre of the Absurd in Mainland China: Kao Hsing-chien's *The Bus Stop*" in Bih-jaw Lin（ed.）, *Post-Mao Sociopolitical Changes in Mainland China: The Literary Perspective*, Institute of International Relations, National Chengchi University, Taipei, pp.139-148.

"Thought on the Current Literary Scene", *Rendition*（A Chinese-English Translation Magazine）, Nos.35 & 36, Spring & Autumn 1991, pp.290-293.

1997 *Flower and Sword* (Play translated by David E. Pollard) in Martha P.Y. Cheung & C.C. Lai (ed.), *Contemporary Chinese Drama*, Hong Kong, Oxford University Press, pp.353-374.

2001 "The Theatre of the Absurd in China: Gao Xingjian's *Bus-Stop*" in Kwok-kan Tam (ed.), *Soul of Chaos: Critical Perspectives on Gao Xingjian*, Hong Kong, The Chinese University Press, pp.77-88.

2006 二月，《中國現代演劇》（《中國現代戲劇的兩度西潮》韓文版，姜啟哲譯），首爾。

八、有關馬森著作（單篇論文不列）

龔鵬程主編：《閱讀馬森——馬森作品學術研討會論文集》，台北：聯合文學，二〇〇三年十月。

石光生著：《馬森》（資深戲劇家叢書），台北：行政院文化建設委員會，二〇〇四年十二月。

語言文學類　PG0721

海鷗

作　　者 / 馬　森
主　　編 / 楊宗翰
責任編輯 / 孫偉迪
圖文排版 / 鄭佳雯
封面設計 / 蔡瑋中

發 行 人 / 宋政坤
法律顧問 / 毛國樑　律師
印製出版 / 秀威資訊科技股份有限公司
114台北市內湖區瑞光路76巷65號1樓
電話：+886-2-2796-3638　傳真：+886-2-2796-1377
http://www.showwe.com.tw
劃撥帳號 / 19563868　戶名：秀威資訊科技股份有限公司
讀者服務信箱：service@showwe.com.tw
展售門市 / 國家書店（松江門市）
104台北市中山區松江路209號1樓
電話：+886-2-2518-0207　傳真：+886-2-2518-0778
網路訂購 / 秀威網路書店：http://www.bodbooks.com.tw
國家網路書店：http://www.govbooks.com.tw
圖書經銷 / 紅螞蟻圖書有限公司
114台北市內湖區舊宗路二段121巷28、32號4樓
電話：+886-2-2795-3656　傳真：+886-2-2795-4100

2012年3月BOD一版
定價：260元

國家圖書館出版品預行編目

海鷗 / 馬森著. -- 一版. -- 臺北市 : 秀威資訊科技,
2012.03
面； 公分. --（語言文學類 ; PG0721）
BOD版
ISBN 978-986-221-920-1（平裝）

857.63 101000761

讀者回函卡

感謝您購買本書，為提升服務品質，請填妥以下資料，將讀者回函卡直接寄回或傳真本公司，收到您的寶貴意見後，我們會收藏記錄及檢討，謝謝！

如您需要了解本公司最新出版書目、購書優惠或企劃活動，歡迎您上網查詢或下載相關資料：http:// www.showwe.com.tw

您購買的書名：________________________________

出生日期：________年________月________日

學歷：□高中（含）以下　□大專　□研究所（含）以上

職業：□製造業　□金融業　□資訊業　□軍警　□傳播業　□自由業

　　　□服務業　□公務員　□教職　□學生　□家管　□其它_____

購書地點：□網路書店　□實體書店　□書展　□郵購　□贈閱　□其他

您從何得知本書的消息？

□網路書店　□實體書店　□網路搜尋　□電子報　□書訊　□雜誌

□傳播媒體　□親友推薦　□網站推薦　□部落格　□其他__________

您對本書的評價：（請填代號　1.非常滿意　2.滿意　3.尚可　4.再改進）

封面設計____　版面編排____　內容____　文／譯筆____　價格____

讀完書後您覺得：

□很有收穫　□有收穫　□收穫不多　□沒收穫

對我們的建議：________________________________

____

____

____

請貼
郵票

11466
台北市內湖區瑞光路 76 巷 65 號 1 樓
秀威資訊科技股份有限公司 收
BOD 數位出版事業部

（請沿線對折寄回，謝謝！）

姓　名：＿＿＿＿＿＿＿＿　年齡：＿＿＿＿　性別：□女　□男

郵遞區號：□□□□□

地　址：＿＿＿＿＿＿＿＿＿＿＿＿＿＿＿＿＿＿

聯絡電話：（日）＿＿＿＿＿＿＿＿（夜）＿＿＿＿＿＿＿＿

E-mail：＿＿＿＿＿＿＿＿＿＿＿＿＿＿＿＿＿＿